The Last Kind Words Saloon

遗言酒馆

[美] 拉里·麦克默特里 著

Larry McMurtry

王改华 译

天津出版传媒集团

天津人民出版社

图书在版编目（CIP）数据

遗言酒馆 /（美）麦克默特里著；王改华译. —
天津：天津人民出版社，2015.12
　书名原文：The Last Kind Words Saloon
　ISBN 978-7-201-09984-2

　Ⅰ.①遗… Ⅱ.①麦… ②王… Ⅲ.①长篇小说—美
国—现代 Ⅳ.①I712.45

中国版本图书馆 CIP 数据核字(2015)第 279664 号

遗言酒馆
YIYAN JIUGUAN
[美] 拉里·麦克默特里著　王改华译

出 版 人　黄　沛
责任编辑　韩玉霞
特约编辑　杨　轶
装帧设计　汤　磊

出版发行　天津人民出版社
地　　址　天津市和平区西康路 35 号　邮编：300051
邮购电话　(022)23332469
网　　址　http://www.tjrmcbs.com
电子信箱　tjrmcbs@126.com

制版印刷　高教社(天津)印务有限公司
开　　本　880 毫米×1230 毫米　1/32
印　　张　4
字　　数　80 千字
版次印次　2015 年 12 月第 1 版　2015 年 12 月第 1 次印刷
定　　价　26.00 元

译者前言

　　《遗言酒馆》是美国久负盛名的小说家、散文家、奥斯卡最佳改编剧本奖获得者拉里·麦克默特里先生于 2014 年出版的新作。与他的代表作《孤独鸽》一样，本书讲述了当年发生在美国神秘的"大西部"荒蛮平原上的故事。作者奇巧地创造了"长草镇""墓碑镇""遗言酒馆"这些小镇与酒馆名，在赞扬当年缺少法律法规的美国准州执法人怀亚特·厄普兄弟的同时，穿插描绘了当年梦想开拓这些蛮荒地区的牧人与粗狂的牛仔，投资拓荒的英国富豪与身份特殊的漂亮女子，仇杀当年前来拓荒西部的白人的印第安人，以及当地的暴徒。

　　拉里·麦克默特里的名著《孤独鸽》获得了 1986 年美国普利策文学奖。《遗言酒馆》是《孤独鸽》的姊妹篇。作家以编剧家的笔法、情景剧的形式撰写了这部中篇小说。全书以独到的白描的人物对话叙述故事，行文言简意赅，人物对话纯朴、凝练。细细品读中，人物与故事情节犹如画面展现在读者面前。

目　录

长草镇 / 1

墓碑镇 / 93

内莉的访问 / 117

长草镇

1

一顶棕色窄檐毡帽在长草镇街上跳滚，大概是被三月的大风吹落。

"这是费斯顿医生的帽子，大概是在制作一只假肢时掉落的。"怀亚特说。

"要不就是在对过兰花酒馆私通时，被风吹出窗外。"道克提示道。

"未必……这些时日，只有像你这样富有的牙医才去得起兰花酒馆。"

道克抽出手枪，瞄准帽子，却没开枪。

"人为什么非要选择牙医的职业?"怀亚特不屑道。

"哦，主要是设备成本低嘛，仅需把镊子，难拔时用凿子。"道克答道。

有关凿子的话立刻引来怀亚特的白眼。他总是难于被取悦。

"抱歉我提到它。可我们就坐在这儿看着好心的医生的帽子被风吹走?"他问。

一只乌鸦飞过头顶，道克朝它开了两枪，却没击中。

怀亚特上街捡回帽子。

对面兰花酒馆一个小阳台上出来一个穿紫色睡袍、披散着浓密黑发的高个女子。

"是圣萨巴! 她怎么样?"道克问。

"我不时常惦记她，我唯一能应对的女子是杰西，却也不

3

能百分之百应对得了。你为什么要问这事?"怀亚特不屑地反问道。

"聊聊嘛,别像个哑巴。镇子里唯有兰花酒馆有妓院,说是你若能把那玩意儿挺出一英尺长,该死的,你就能免费。"

"见鬼,我挺不出,你也未必。说点别的不好吗?"

这时,从镇南边空旷的原野里传来一阵微弱的声音。

"今天大概会有一群牛从得克萨斯赶来,你的左轮手枪在哪儿?"道克问。

"大概在吧台后面吧。平时随身带它太重,遇麻烦时我通常会跟威尔斯·法戈或某人借枪。"

"巴特·马斯特森说你是西部杰出的神枪手,能射杀四百英尺外的一只郊狼。"

"见鬼,离那么远我甚至都看不清,除非把郊狼染成红色。巴特不能设法让自己变得自信,拿我吹嘘。"

"那你能离多远射中一个胖子?"道克继续问,坚持想要不接他话茬的怀亚特开口。

他们看见远处拼命往长草镇跑来的骑者们的身影。

"这些牛仔大概赶了个把月的牛,渴望威士忌与妓女。"道克说。

这时,随着一声刺耳长鸣,从东边驶来一列火车。火车有两节客车和一节守车,其余多半是空车厢。火车进站后,从客车上下来一个清瘦的拎包男青年。

"看那个穿着讲究的哥儿们,我想知道他臼齿的状况。"道克乐道。

"道克,你现在最好不要去拔游客的臼齿吧。"怀亚特说,再次为这位牙医单纯的提议白了他一眼。

火车继续南去，隆隆声逐渐减弱，不一会儿完全消失了。

"牛大概闻到水的味道了，它们在朝河对岸涌来。妓女们有睡觉的营生了。"道克说，

"你如果有二十颗珍珠，至少该给杰西一两颗吧？"他又问。

怀亚特没搭茬，心想，道克理应明白，自己妻子对服饰的兴趣不是他管的事。

站台上停着一列华美的紫色的专列，看上去特别显眼。拎包的消瘦青年调整了一下状态，毅然迈上街道。

"我想知道这列华美的紫色专列上乘坐的是什么人。这样豪华的专列停在这儿可是件稀罕事。"道克说。

他朝南瞥了一眼，见有两个骑者跑来。怀亚特也看到了。

"啊哈，是查理·古德奈特和他的黑人助手赶来了。"道克说。

"是他。听说他现在陷在莫贝特尔镇的吵闹中。"怀亚特说。

"听说那黑人是个杰出的牛仔，能出色地处理牛群踩踏事件。"

这时，滚落在街上的圆顶毡帽的主人费斯顿医生从兰花酒馆中走出来，却一个嘴啃泥摔倒在街上。

"我猜圣萨巴迷上了这位医生。女人就是古怪。"怀亚特自语道。

不等道克开口评论，圣萨巴从"兰花"出来，慢步朝火车站走去。下车的青年立刻朝她举帽子打招呼，她却没予理睬，也没关注趴在地上的医生，甚至没扫一眼"遗言酒馆"招

牌下面门廊里注视她的两个男人,而是径直走到紫色列车前,敲敲车厢门。她立即被人拉进车厢里。

"嘿,真该死。"道克咕哝道。

他的同伴依然默不作声。

2

查理·古德奈特少有诙谐,可酒吧门上悬挂的古怪招牌却让他停下脚步,好奇地端量起来。

"若是我的一个牛仔把你这块招牌射个洞,我也不吃惊。"他说。

"何时,查理?"怀亚特问。

"等牛入圈后。"

"不就是不久前在平原上赶的那群牛吗?在呼啸的暴风雪天里赶牛多没意思。三月份多半是暴风雪呼啸的时日呀。"道克说。

"不管有没有暴风雪,赶牛群都不是件趣事,可火车又开不到我的牧场那儿,那我只得赶它们来这儿了。你的外科医生就为我赶来趴在街上?果真是他的话,他热烤过我的屁股,可打那以后,我旅行就舒适得多了。"

"这儿还有好多可以信赖的牙医呢。"道克立刻对他指明。

"下次再说吧。我欣赏这块招牌,尽管不知道它的用意。"古德奈特说。

"这是我哥哥沃伦的酒馆。我也不大理解他这招牌的用

6

意。"怀亚特说。

　　他们谈话时,古德奈特的黑人工头博斯·伊科尔德看见一条大牛蛇,在门廊里爬行。在平原闯荡的这些年里,他学会了几手,其中之一就是知道怎样抓住蛇的尾巴。但见他一下子抓住大蛇的尾巴,像甩套索般把它在头顶旋了几圈,之后把它抛在街对面安全的地方。

　　"他就像条敏捷的响尾蛇。"古德奈特夸赞道。

　　"可蛇有时也会攻击人,我不能击中一条攻击人的蛇。"博斯谦虚道。

　　"我也不能。倘若有头野牛的话,我大概可以制服它。"怀亚特也自谦道。

　　"我们在这儿聊一天是赚不到一分钱的。看见有人走出那列涂成紫色的列车了吗?"古德奈特问道。

　　"没有,倒是看见有人进去了。是那位可爱的圣萨巴。"道克说。

　　"好,我必须得去参加这场聚会了。"古德奈特说着跳下马,把缰绳递给博斯。博斯牵它去马房。

　　"你是怎么知道他们邀请你的,查理?"怀亚特惊愕地问道——尽管没理由惊愕。

　　查理·古德奈特满腹心事地缓步踏上街道,去与平原上最漂亮的妓女和一位乘坐豪华专列旅行的富人会面。长草镇的街上不是每天能看到车厢喷涂着华贵紫色的私人列车的。

　　"真该死。"道克再次困惑地咕哝道。

3

"说是查理·古德奈特脾性暴躁,甚至近于鲁莽。"怀亚特对道克说。

"你说他怎么?"道克不解地问。

"我说他性情火爆。你该清一下你的耳朵了!"

"我听的太多,可你有时说话滑稽。"道克抗议道。

"瞧,查理把费斯顿医生扶起来了。他无疑感激这位外科医生,因为医生现在能让他正常地坐在马鞍上了。如此的治疗方法是要惹麻烦的呀。"

"想来那位富有的家伙真是个牛买主,查理绝不会单为把牛圈入这儿的圈栏把它们一直赶来这儿。"道克说。

古德奈特也没理睬那个拎包青年,而是径直敲豪华车厢的门。门立刻打开,一个高个身影随即把他拉入。

车门关上前,怀亚特和道克瞥见了圣萨巴。

"我说呢,今天一大早就不寻常么。"怀亚特自语道。

回应拎包青年的招呼时,道克也听到了远处的吵闹声。

"早上好,先生们,我是比利·皮平,一名记者。可以指点我找到镇里报社或附近一所公寓吗?我得先落实我的落脚处。"

"你最好在辛苦前先弄清楚你是否在合适的地方吧。这儿是长草镇,它位于堪萨斯与新墨西哥之间,也有人说它在得克萨斯。这取决于你头脑中的得克萨斯的范围。"道克答道。

年轻的比利·皮平似乎被道克的话弄得晕头转向。

"事实是长草镇没有报社,因为它根本就没有新闻。这儿确实鲜有新闻,孩子。"怀亚特说。

"会有的。古德奈特和厄恩勋爵即将成为世界上最大牧场的合作伙伴。我是《芝加哥论坛报》的记者,我相信会整理出个新闻来的。我要找台电报机发报。"

"哦,要找电报机就去对面的丽塔布兰卡吧。只要你能忍受操作它的那位女子。我可不能。"怀亚特说。

"你是说考特莱特小姐吧?就是她鼓动我来这儿的呀!"比利·皮平说。

"内莉·考特莱特开口说话即可剥掉篱笆上的油漆。"道克答道。

比利·皮平好像被击败,转而问道:"丽塔布兰卡离这儿远吗?"

"步行太远,你若有钱就租辆四轮马车吧。"怀亚特建议。

"不,不,我没钱。我只是赶来这儿报道这次合作。你知道,这可是英国地主与得克萨斯牧场主合作的大事呀!"

这时,他们吃惊地看见圣萨巴迈出车厢,手臂上栖息着四只鸽子。她把它们一一放飞。

两只向东飞去,两只向南飞去。

"是信鸽,厄恩勋爵真要对外发布消息了。"比利·皮平说道。

"用鸽子传播新闻!"

"该死的鸟会飞向哪儿?"

"大概一组飞往堪萨斯城,一组飞往沃尔斯堡吧。"比利说。

"老鹰会抓走它们中的一只的。为什么要发往这两处?"这时博斯走上来问道。

"我从不认为一只鸽子能找到去沃尔斯堡的路。我不信它会!"怀亚特说。

"此外,圣萨巴是怎么认识这个大佬的?"道克问。他总爱打听漂亮女人的行迹。

"她是大佬从一个苏丹手中买来的。他们说她依然是个处女。我的老板要我落实这件事。"

"一个什么?"道克说,以为听错了。有多少处女会花费精力在平原这儿开办妓院?

他们继续谈论时,从南边传来的嘈杂声已经近在耳旁。

"大概是牛仔们把牛赶入圈栏后跑来了。"博斯说。

怀亚特终于来了精神:"我得去叫醒妻子,她是长草镇最好的酒保!"

"给我来杯棕榈酒吧。"可不等道克说完,怀亚特早已走入遗言酒馆里了。

4

"你只让我调酒,好在下午休闲时跟踪我……"杰西抱怨道。

"还有早上与午夜呢。再说这也不会让你那点可怜的教育荒废嘛。"怀亚特答道。

"堪萨斯城酒保学校算不上什么教育。"杰西反驳道,为无法与丈夫沟通恼怒。可是,往往在她接连抱怨三四次后,就会挨他耳光,甚至遭他一两次毒打,从而在待在酒吧的大部分时间里,她一直小心翼翼地用吧台隔开自己和丈夫。怀亚特个头不算高,无法隔着吧台打到她,可她知道他想对她发狠。有两次,她为看他忍耐的极限,把他逼得攥紧拳头,把她打得摊开双手,躺倒在床上。可她还是要想方设法惹他发火,因为把酒瓶里的威士忌倒入杯子里实在无聊,她就是蓄意找茬,要怀亚特弥补他的过失。她只想控制住他,否则他就会躲在别的酒吧喝酒,让她好几天见不着他。

怀亚特拥有枪手的声誉,却让她困惑不解,因为就她所知,他从未杀过人。当她问及此事时,他回答说他没必要杀人,也绝不会杀人。可杰西疑虑,他迟早会在某天因什么事大开杀戒的。她认为怀亚特强硬,而他哥哥摩根和沃吉尔却不那样,尽管他们才是镇里真正的执法者。摩根通常任治安官,沃吉尔是副警长。可不管谁是执法者,真正执法的人却是怀亚特,虽说他从未被镇里录用,更不用说当选了。

"让我给怀亚特投票?不可能,傻瓜才投他的票。"当杰西逼道克为怀亚特投票时,他这样拒绝道。

"他们会投你的票,对吧?"她诘问道。杰西爱道克,却知道他持重。

"我若在乎引诱他们选择我时,会有人投我的票的。可没有让我想参选的地方,所以还是回到牌桌上吧。怀亚特认为我是美国最好的扑克玩家,你呢?"

杰西想就这么一直与道克聊下去,以便他把持不住,正中她下怀,那样,他就是她的人了,管什么怀亚特不怀亚特的。

"女人,女人,女人,你为什么想要做让怀亚特·厄普杀你的事？"

"想看他是否有感觉，是否在意我。"

"你能不能不琢磨能引发枪战的事？"

"我想跟怀亚特说会儿话，他都不理睬我，只知道带着他那支小猎枪去街上喝酒。"

"这是他对武器的选择。得把喝含酒精饮料闹事的牛仔们投入牢房。怀亚特一直帮助沃吉尔重击他们，把他们拖入牢房。"道克说。

"你还知道你没提供多少帮助的事？"杰西挖苦道。道克自是正襟危坐，直视前方。杰西觉得没意思，便走开了。

5

"我被宦官们养育。后宫里有五十多个宦官的，古德奈特先生。"圣萨巴对古德奈特说。

两人边聊着边看厄恩勋爵在一个洗脚盆里泡脚。

"保持脚的清洁很有必要。许多疾病祸起于脚。"勋爵说。

"有五十多个宦官？"古德奈特惊异道。

"我母亲曾经是一位玫瑰妾，在后宫的地位非常高，却因为一天拒绝了苏丹，被弄瞎眼睛，缝在一个袋子里，从悬崖上扔下博斯普鲁斯海峡。在苏丹插手前我一直保持着处女身，并幸运地被本尼①大叔买到手。"

---

① 本尼·厄恩，即厄恩勋爵。——译者注

"那位苏丹是哈米德之流相当肮脏的典范。我无法忍受东方糟蹋这样的美人。这不是一下子能简单说清楚的事。我想我和查理应该考虑公告我们合作的事了。"厄恩勋爵插话道。

"好的,这儿就有个现成的闲逛记者,很快还会有一批来的。我相信内莉·考特莱特很快会追随而来。她在丽塔布兰卡操作电报机呢,离这儿也不远,至少不用像乌鸦那样飞过来。"古德奈特说。

古德奈特竭力学会忍耐。他的急躁脾性与出奇的粗鲁,是西部尽人皆知的。妻子玛丽·古德奈特两次因他嚷叫威胁要离开他,虽说每次挨骂的都是他自己。

古德奈特没耐心,却不愚蠢。他在芝加哥偶遇厄恩勋爵后,经过努力,与这位懦弱的人结为合作伙伴关系,并确信这位勋爵不是一般的合伙人,因为他说自己是英格兰一位极其富有的顶级人物,也告诉古德奈特,他诸多乡宅中的一所,单园丁就有三十八人之多。

"想必是为管理草地吧。"古德奈特说。厄恩勋爵仿佛没听,古德奈特便停止了有关三十八个园丁的谈论。他认识厄恩勋爵虽仅几个月,但也意识到,想要理解这位英国人纯粹是浪费时间。大概得等不久后妻子与他们会面后,才会进一步了解一些情况的。

"有关我住房的事呢? 我和圣萨巴期待很快能搬入呢。"厄恩勋爵问道。

在与古德奈特完全形成合作伙伴关系之前,厄恩勋爵已下令在可以俯瞰加拿大河的一个绝壁上修建一座巨大城堡,因此已成为西部一位传奇人物。因为,单为运送工人与设备到修筑城堡现场,就铺设了数英里长的火车轨道。尽管在建的城堡依旧是个巨大的躯壳,可有幸看到它的旅行者们都被它的巨大规模震惊得难以言表,甚至连玛丽·古德奈特也惊得说不出话来。这是查理阅历中少有的事。

"我恐怕没空搞修建的事,而是实实在在地为我们的合作投入了一千五百多头一岁牛。"古德奈特指明。

"修建巨堡的事不用你担心,古德奈特先生,我们有一个领班,专门照管工程的进展。我这儿还有一些照片呢。它确实是一个庞大的工程,但它会及时完工的。"

"科曼契印第安人已接受了居留地的生活,可基奥瓦人却依旧是个不稳定的因素。二三十个反抗者依旧在这儿附近流窜,并制造麻烦。"古德奈特告诫道。

"为什么不增加私人民兵消灭这些恶魔?这儿有充足的可供雇用的杀手嘛。"

"是该这样。可他们多数比基奥瓦族印第安人更坏。得州别动队试图控制他们,然而他们是狡猾的流氓。本,我们是可以雇用好多枪手,可这是喜忧参半啊!"

"古德奈特夫人会访问我们的城堡吗?我渴望见到她呢。"圣萨巴插话道。

"会的,只是具体时间说不准。"古德奈特说。他想起了要离去赶拢牛群时与妻子的那场交锋。他要妻子在可以修建他们自己的住房前,先住一阵子帐篷。

"让我住帐篷,你的合伙人和他的妾住漂亮的大厦?这是怎样的公平啊!查理!"玛丽不友好地表达了她的感受。

"我不信她是他的妾。等我把牛卖出钱到手后,就着手修建我们的住房。"

"我可不是单为住帐篷才学代数的。"玛丽说。

这话让他困惑。迄今为止,他不认为玛丽闯入过代数领域。她在哪儿学的？又为什么要学它？

玛丽没给出顺从的答复,而是转身走了。

6

"他们有七个人,估计不会有枪吧。我们现在可以抓住他们,烧死他们。"萨坦克说。

"他们马车里可能有枪,我们只是看不见罢了。"红熊萨坦塔提醒道。

三辆马车在坚硬的路面上艰难地行进时,这伙印第安人一直在威奇托河附近的一个丛林中窥视着。由于之前有士兵经过,他们没敢造次,可鲁莽的萨坦塔还是蠢蠢欲动。这些被萨坦克和小狼说服的印第安斗士,终于等来了这些易得手的猎物,或许还有可以蹂躏的女人。

七个赶车人进入视野。虽然没看见女人让萨坦克失望,却好歹有七个白人到手。

由于是牛车,所以他们一下子就得手了,可还是有一个白人逃入了茂密的丛林。

留下的六人中,两人因不甘心遭受凌辱奋起反抗,结果被阉割,头皮也被剥去。好在他们是在死后遭受这些残忍的折磨。

另四个人为撞入他族人的土地付出了沉重的代价。矮胖的头儿,因为拼命喊叫,被绑在车舌板上活活烧死。凄厉的喊叫声持续了好久。而一个高个子男孩的生殖器却被萨坦克亲手用小火煮了。

另两个人被开膛,掏出内脏后,他们给里面塞入热炭火。萨坦克还割掉他们的鼻子,强迫他们吃自己的内脏。

之后,战斗小团体的成员们十分得意地折磨白人,开心地度过了下午。尽可能地看着白人痛苦地死去,是他们最好的报复,而让他们失望的是没有抓到女人,否则可以割取她们的乳房,或在她们阴部放入荆棘和蝎子,或热炭。

萨坦塔把涂染自己身子的红黏土抹在这些尸体上:"我要让人人都知道是我杀了他们。"

"别吹牛了,你个笨蛋。"小狼讥讽道。

"他总爱吹嘘。分明是我们一同干的,他却想让白人认为是他一人干的。"萨坦克说。

"多半是我干的嘛。"萨坦塔抗议道。

其他人决定离开,而总是个别的红熊萨坦塔,却认为最好让他独自留下来享受快乐的一天。

7

这天清早,圣萨巴戴顶大软檐帽,拿本便笺,坐在铁路提供的一把高椅上,统计从斜道上挤入火车货车车厢里的牛。

古德奈特为这位高个女子数牛的能力吃惊,而他乘骑的马"布朗尼",却被她那顶大软檐帽惊吓,做出它几年都没做过的事:嘶鸣、跳跃,让他好一阵尴尬。好在他很快制服了它。

圣萨巴拉紧细帽绳说:"我主要在德比郡家中数羊,而厄恩勋爵就以为我也会数牛。"

古德奈特没言语,仅默默地对博斯点点头。牛很快开始涌上坡道,进入等待它们的棚车里。

古德奈特一直为自己数牛的本领骄傲,认为这只不过是集中精力的事,需要时他能够做到。

圣萨巴不时在便笺本上记着。一些牛不愿意上车,他们只得动用皮鞭。

"我十头十头地计数,这样似乎稳妥些。"她说。装载结束后,她给出了1266头牛的确切数字。而古德奈特早已经边看边心算出了这个数字。

"坦白地说,我很惊讶我们两人的计数完全吻合。你是一个精明的计数家。很少有牧牛人能数出这么多的一岁活牛。"

"我精力集中,并记下了数字,而我没看见你作什么记录呀。"

"夫人,困扰我的是厄恩勋爵不信我给出的数字。他若不信我,我们之间的伙伴关系就没有意义了。"

圣萨巴看了他好一阵子。

"他信你,古德奈特先生。这个英国人是有些特别,尤其他还是位公爵。"

"他真在土耳其或什么地方为你付了钻石?"

"确实这样,是非常名贵的三忧钻石。"

她说完随即转身走开了。玛丽也转身走了。古德奈特纳闷,为什么女性总是对他冷冰冰的。

17

8

炙热的阳光刺目,怀亚特和道克在遗言酒馆门廊坐下后,看见一辆轻型马车从东边疾驰而来。道克在享受他的清晨白兰地,怀亚特喝着清醒自己的黑咖啡。他是被杰西锋利的舌头赶出来的。他大半时间睡在马厩里。她好像近来厌恶跟他在一起。他不知道缘由。

"这车简直是飞驰。为什么一大早会有人这么火急地往这至多算个小镇的地方赶来?"道克看着飞速驶来的马车说。

"许是'小马快递'①的车吧,"怀亚特说。他一直希望道克能闭住嘴。

"妈的,要我说,用小矮马做快递业务太慢。"道克乐道。

"我希望他妈的这车仅仅是路过而已,这儿够拥挤的了。"怀亚特说。

"拥挤?我没注意到呀。"道克说。

小马车却在经过马房后慢下来,并径直停在两人面前。扬起的尘土好一会儿才散去。

一个穿长外套、戴软毡帽的高个男子把自己从车里拉出来。他打量了两人一会儿,边递给赶车人钞票边招呼道:"先生们,这小居住区该有名字吧?"

"我们多数人叫它长草镇。"道克答道,随即想给他一枪,

---

① 小马快递为19世纪下半叶在美国成立的邮件快递公司。它利用驿马和沿途设置的驿站,在密苏里的圣约瑟夫和加利福尼亚的萨克拉门托之间为用户传递文件、报纸、信件的小包裹。——译者注

18

却设法克制住了,可也知道当他有时无法克制时,受害者会需要治疗的。只是因为他欣赏来人戴的那软毡帽,道克才没动枪。

车开走前,陌生人拽出个看上去很重的旧挎包。

"里面装的什么,金砖?"道克问。

"我拥有一切,却不包括贵重金属。我是《泰晤士报》的拉塞尔。"

他似乎认为他们明白了自己的意思,却见他们谁也没看他一眼。惊疑之余,他拿出两张名片,递给他们每人一张。

"哪个《泰晤士报》的拉塞尔?"道克问道。怀亚特同样开始对名片质疑起来。

"虽然印制精美,我却看不懂。"怀亚特说着试图退还名片,陌生人却没接。

"伦敦的,先生。我是伦敦《泰晤士报》的记者。"拉塞尔说。

道克不知道自己为什么看上去有点气恼,他和怀亚特一样,并不想立即就了解每个前来的傻瓜的身份。

陌生人开始打量酒馆招牌。道克认为这不过是块十分平常的招牌,从头至尾只有"酒馆"二字重要,其余的仅为沃伦·厄普感兴趣的废话。

"你们的招牌告知我,若是不想留下遗言的话,就不要频繁地走进去。"拉塞尔说。

"你的马车手看上去面熟,可我一时叫不上名字。"道克插言道。

"是骨头威利。他在密苏里设陷阱捕兽。我为猎人们的前景暗淡而担忧。"拉塞尔说。

道克和怀亚特谁也不对猎人的事感兴趣,只是平静地看着高个记者端量长草镇。

"火车上这些牛属于厄恩勋爵吗?"他问道。

"是查理·古德奈特把它们带来这儿的。猜他的搭档是个英国家伙吧。他可能是你们的主人,可能在那节漂亮的车厢里,要不就在那个妓院里。"道克指明道。

陌生人笑道:"厄恩勋爵有两个妻子,一个法国人,一个英国人,她们没给他嫖娼的时间。你们知道亚利桑那离这儿有多远吗?"

"哦,亚利桑那是该死的地狱。"怀亚特说着想要杯威士忌。

"去那儿得跨越西部两三个州。我不会尝试乘这辆马车前往那儿的。"道克说。

"我也没想。我想乘这儿去芝加哥的火车去。这些牛要运往亚利桑那。我想我会有从芝加哥抵达亚利桑那的机会的。"拉塞尔解释道。

"嗯,有阿帕契印第安人呢,你的头皮若被揭掉会遗憾的。"道克说。

英国人冷静的口吻惹他恼火。他想知道为什么伦敦人要来长草镇这儿露面?这些牛是否真要赶往亚利桑那?他认为这 24 小时中的惊喜太多。

路对面兰花阳台上,两个年轻妓女与圣萨巴站在一起瞭望周围情况。年轻的弗洛在梳圣萨巴浓密的黑发。圣萨巴其实也没有看到什么。辽阔多风的平原自然没什么看头。

20

9

生活在得克萨斯长草镇的人们都知道，每隔半个月，镇里就会发生行凶抢劫事件。

所以，突然响起的刺耳的尖叫声让他们吃了一惊，估摸又要或者已经发生屠杀事件了。

一直闷头喝酒的怀亚特沉稳地握起把唯一可以迅速出击的柴叉跑出去。可到了街上后，他却没见着挨他柴叉的印第安人。

道克更窘迫。他夜里玩扑克赢了好多钱，当他捏着大把钱站在门廊上时，突然响起的尖叫声让他不知所措，手中的钱落地，随即被轻快的草原风吹散。

"该死的印第安人！"他自语着，却没去查看印第安人，而是追找被风吹走的钱。他右手握着枪，只能用左手去抓。可是因为得在这儿逮一张那儿抓一张，自然很不得法，两张纸币彻底从面前飞走了。

正在厄恩勋爵安排的一间小室里小睡的古德奈特被尖叫声惊醒，没留神，头撞在了床架子上。除雨天外，他多半愿意露宿，只在房间里修整胡子。

唯一没被尖叫声打扰的是圣萨巴，还有《泰晤士报》的拉塞尔。多年来，这两位世界公民经常在比长草镇更不讨人喜欢的地方遇到这类事。

"这仅为本尼的风笛声。"圣萨巴说。拉塞尔看弗洛为圣萨巴梳理头发。

"除苏格兰人外,这声音会令任何人感到恐怖,而我恰好没长苏格兰人的耳朵。"他叹息道。

"至少那些牛离开了。多么臭啊!稍后的一趟火车的啸叫声大概也会被算作风笛这样的声音吧。还会有更多的记者被呼唤来的。本尼大叔喜欢搞宣传,他想让全世界都知道他正在成为一个牛仔。"圣萨巴说道。

"开办牧场可不是一朝一夕的事。多年前的那场暴风雪让畜牧业者蒙受了五千万头家畜被冻死的惨痛损失,也给他们好多人一个教训。"拉塞尔评论道。

圣萨巴沉默了。她从没担忧过富有的厄恩勋爵的任何事业会失败,而是质疑自己的处境。在土耳其养尊处优的母亲不就被缝在袋子里淹死了?

"他至少选择了一个非常能干的伙伴。我也相信古德奈特先生会保护他的。"她说。

"是的,我信。他曾经是得州一名别动队员。如果他们希望以这样的方式生存,或者若能让他坐下接受我采访的话,我倒是希望他也能关注边疆这儿的实际情况。"拉塞尔说。

圣萨巴希望能这样。古德奈特相当称赞她的准确的计数能力,但大概也有一些棘手的事,他大概不会容忍女性。

此外,跟随他来到这荒野与圣萨巴见面的女人玛丽·古德奈特,也不是一位寻常的妻子。圣萨巴纳闷那女人怎么能每日与这位刚毅的男人一起生活?

喜爱男童而忽视两个妻子的本尼·厄恩自然不会风餐露宿的。

"边疆这儿现在应该安全吧?"她问道。

记者摇头:"不,我来这儿之前从电报上看到,这儿刚刚发生过一场大屠杀。人们认为是一些基奥瓦族印第安人干的。他们使用了惯常的折磨那些白人的残忍手段。六个赶车人被屠杀后焚烧。并且就发生在谢尔曼将军在附近追杀他们之际。"

"我记得古德奈特提及过基奥瓦人。本尼说古德奈特是继基特·卡森后最了解西部这儿的人。"

"我采访过基特·卡森两次,可他现在死了。"

"古德奈特大概会做得不错。本尼说他无论白天黑夜与天气好坏,从不会在这大草原上迷失,"

一直坐着的拉塞尔站起身来:"圣萨巴小姐,如果我可以这么说的话,你一如既往的美丽。"

圣萨巴没搭话。她思索着自己为什么不能谈论古德奈特先生。

10

"萨坦克这个王八蛋是继续逃窜的最狠毒的印第安人。萨坦塔也是一丘之貉。萨坦塔曾想同我拥抱,但自从他用红黏土涂染身子后,我拒绝与他拥抱。"古德奈特听完高个英国人告知的信息后愤慨道。

"他也参与了。我分不清他们其他人的名字。"拉塞尔说。

"对来自遥远的伦敦人来说,能区分萨坦克与萨坦塔,足够见多识广了。"

"是的,我们英国人消息灵通。"

"还有投资呢。若不是厄恩勋爵要投资，我是不会在这儿拍着我的下巴喜欢你这文人的。"古德奈特感慨道。

大屠杀事件却让困在这儿的古德奈特十分不安，他当即就想回到家中玛丽身边去。他的合作伙伴把他领入这儿装满政要的三节专列车厢里。里面至少有三个州长，还有大律师、银行家、几个百万富翁，自然还有本尼·厄恩不得不允许的一方人员——诸多记者。在市民和牛仔们惊讶之时，一个巨大的帐篷已经搭起来了。香槟喷溢，牛排被烤制，还从弗吉尼亚运来的冷冻野鸡，以及被用作开胃菜的千只鹌鹑蛋。人人几乎都喝醉了。

"我甚至从不知道鹌鹑会下蛋。"怀亚特宣称。他接受过几次采访，道克同样。怀亚特被誉为阿比莱和道奇的英雄。而他几乎对这些赞美不感兴趣。杰西的除外。

可是，他近来几乎得不到她的任何赞美了。

"为什么是我？现在的阿比莱和道奇同我去那儿之前一样卑贱丑陋。我仅让一些牛仔顺从些罢了，他们毕竟喝过头了。"在被告知为某种英雄时，怀亚特质问道。

"你不寻常嘛，先生。我认识的大部分警官更在意自己的一点声誉。"拉塞尔说。

怀亚特耸肩走开了。他对查理·古德奈特嘈杂的聚会不感兴趣，仅想来这儿捆绑一两个风笛手，却始终没动手。

"我也希望查理·古德奈特在别处开办他的大牧场，我嗓子都聊哑了。"道克说。

"大牧场是在别处，这儿仅为他的货运站。"怀亚特解释道。

"高个英国记者想去亚利桑那，我们也去那儿吧。"道克建议。

怀亚特脑中实际上一直萦绕着搬迁的事。他发现自己很快厌倦了大平原的诸多地方。只不过是相同的饮酒、相同的扑克游戏、相同的粗鲁社交，何况还有情绪多变的杰西。杰西从没喜欢过大平原。他知道亚利桑那大部分是沙漠，没准儿她更喜欢沙漠吧。作短暂的搬迁？谁知道呢。

而与此同时，长草镇大街上正在烧烤整只牛制成的牛排。一个高大的黑屠夫把厚块牛排端给权贵与牛仔等人。来自弗吉尼亚的一百只野鸡很快被吃光了。这却成了道克的假日。直到这天，他才有机会品尝了鹌鹑蛋，喜欢得竟然吃了四十枚。名副其实的海量。食物很快被消耗尽后开始再次烤制牛排，厄恩勋爵亲自煮杂碎。

就在盛宴进行当中，骑白马的高个野牛比尔赶来了。据说是他情人的电报员内莉·考特莱特随在他身旁。

古德奈特一直爱慕刚勇的内莉·考特莱特，甚至向她求过一两次婚。一天当他赶牛回来后，发现她已嫁人，并且怀孕了。此后的几年中，她不断怀孕。其间，玛丽·安妮来到他面前，并提出要嫁给他。

"这该由男人提出呀。"他对她温和地说。

"你依然生活在过去，查理！"玛丽·安妮说道。

内莉比任何时候更率直，她径直走入帐篷，交给厄恩勋爵一份电报："别损毁或丢失，是尤利西斯·格兰特总统给你的信。"

"好的，我不会弄丢的。"厄恩勋爵向她保证道。他时常为率直的女人吃惊。

古德奈特认为科迪①好像没精神。他原本是个演员，足

---

① 即野牛比尔的昵称。——译者注

可以精彩登场,眼下却面色憔悴,也没像曾经那样对这些权贵拍背示好。

"我的比利①受挫了。他一无所有了。丹佛的一个报人弄走了他的全部财产。"内莉解释道。

"哈利·塔南那个王八蛋!他虽没抢走我的一切,却让我倒霉。"古德奈特气愤道。

"他是个婊子养的!为了照顾女儿们我不能坐牢,但看到他对比尔的所作所为,我还是会毙了他的。"内莉说。

11

古德奈特从没听过一个女人像内莉这样会骂出这般脏话来,便用咳嗽掩饰他吃惊的尴尬。而内莉已转过身同道克·霍勒迪聊起来。

道克认为自己大概鹌鹑蛋吃过量了。

"怀亚特呢?"内莉问。

"见你来了便躲起来了呗。我悟性差,否则同样躲起来了。"他直言不讳道。这几乎是谎言。

"难道你们俩不能对我好点吗?喜欢与否我都在这儿,不需要额外做什么嘛!"

内莉叹了一口气。对她来说,男人就是一种痛苦。

"等怀亚特露面时对他说我有事找他。"

"大概得下周吧。"道克随机应变道。

"不可能,除非杰西终于离开了他。杰西会离开他吗?"

---

① 即野牛比尔的昵称。——译者注

26

没等道克答话,内莉见厄恩勋爵开始敬酒,便想过去听听。英语的敬酒词确实不错。她听了几句,不得不承认厄恩勋爵出色的英语演讲能力。他敬总统、州长、新搭档古德奈特,也敬厨师、报业人和其他好多人。内莉多少期待也能敬她一杯,却没沾上边儿。

圣萨巴同样没有被敬酒的份儿。弗洛陪伴在她一旁,两人静静地看着。傍晚时分,内莉看见圣萨巴走向众所周知的妓院兰花酒馆,便跟过去。

“圣萨巴,我是内莉。可以打扰你几分钟吗?”她问。

圣萨巴转身问道:“那就让我先问你个问题吧,科迪先生真是你的情人吗?”

“不是呀,我从没做过他的情人,尽管有些接吻之类的事。”

“之类的什么事?”

“他喜欢碰触我的胸部,现在他也伤害不了谁了。”

“嗯,科迪先生有这样一位体贴的朋友真幸运。”

内莉不愧为媒体人士,立刻抓住这千载难逢的机会反问道:“原谅我,既然你问及这个问题,那你是厄恩勋爵的情人吗?”

“不是。我只是他最好的女性朋友——圣萨巴女士。从某种意义上讲,我是他的管家。本尼·厄恩救了我,教导我,也培养了我,可到头来,瞧,还不是把我安置在这儿了?我是该待在纽约、巴黎或者孟买的人呀。你不这样认为吗,考特莱特小姐?”

“确实应当这样。”内莉说,期待她还会指出别的什么地方来。

“由于他不敢冒风险把我安置在议会所在的城市,就把我束缚在这儿。"

"为什么?"

"担心我会被更富裕的人夺走。他现在把我发送到得州同你们的牛待在一起,这样我就不会跑掉了。"

"上帝,我认为没有比厄恩勋爵更富有的人了。"

"还有几个像马哈杰斯那样的挑战者呢!"圣萨巴说。

"你可能是我见过的最有趣的女子,希望能让我为你作一篇杂志专访。"

"我没那么幸运啊。记住,我是位女士,得谨慎些。不过,待城堡完工后,我会邀请你去我们得克萨斯的新家的。"

她们站了一会儿。克里奥儿姑娘弗洛立在圣萨巴身后。

"是想要谨慎地了解某人的一点更有趣的行迹吧。你们真量客人的那玩意儿?"

"出现某种长度问题时,通常由弗洛量,而我知晓过程。"

内莉无法设想她与丈夫泽纳斯会做这种事。毫无疑问,他会指责她不正经。仅想到这些,内莉两腿间就有了春露之感。泽纳斯已经走了很久了,她还思念他。

她回到宴会会场时,刚好听到古德奈特在敬酒。他显然不喜欢这样的活动:"我相信我找到了一个很好的合作伙伴,感谢他对我的支持。我现在需要和牛仔们一同去赶牛。阿门。"

博斯与一匹备好鞍的马等在一旁,内莉·考特莱特突然冲出人群,尽情地吻古德奈特。

"喜欢吧?我想这可能是我的最后一次机会?"

"我是个男人,当然喜欢。可事实是我有急事,你也嫁人了。"

"牛仔们在马厩等着呢!"博斯说。

12

　　总司令谢尔曼将军站在那儿,看着被肢解与烧焦了的赶车人的尸体,沉默良久。麦肯齐将军站他身旁。

　　随同的士兵们竭力不去看那些被烧焦与被砍剁的躯体,却禁不住不时瞥一眼。

　　"如林肯先生所说,'我在大战'。我见过一些残忍的肢解,却没像这样。把人绑在车舌板上,烧毁脸,更不用说其他部位了。那个年轻人的脸也被烧了。"他说完有点恶心,尽管很少在这种状况下畏缩。

　　谢尔曼仰望南边的一座岩石山脊:"莫非我错了?昨天早上我还沿着这向南逶迤的山岭搜索来着。"

　　"我们确实一起搜索来着,先生。"麦肯齐说。

　　"我们却没有嗅到印第安人。我们仅在印第安人地区待了一两个小时,可那些侦察员在做什么呢?"谢尔曼问道。

　　"我们离理查德森堡这么近,没人想费力地再派人出去侦察。他们是基奥瓦人,我想他们不会太多地骚扰这些堡了。"麦肯齐说。

　　"他们应该朝北去了,我要去追捕他们。"谢尔曼说。

　　"他们往北去了,但走得很慢。他们为在这儿的所作所为感到自豪。我认为我们已经把他们中的多数都抓获了。"

　　"在哪儿?"

　　"在红河附近。"

　　"我希望把他们带到理查德森堡,我要把他们押上火车。

29

如果时间允许,我要看对他们执行绞刑。"

"我们会看到这些的,先生。"麦肯齐说。

"你认为如果他们试图灭掉我们,他们能吗,麦肯齐将军?"谢尔曼问道。

"我无法知道,先生,我没有看到他们的力量。"麦肯齐说。事实上,他看到的是谢尔曼将军一脸的痛苦。

13

萨坦克很高兴萨坦塔大声吹嘘这场大屠杀。许多士兵也都听到了萨坦塔的咆哮,尽管没有听懂他喊叫的是什么,却可以知道他在吹嘘自己的残忍手段。

萨坦克坐在马车车厢暗处,没人注意到他在咬手腕上的绑绳,绳子越来越松。

天黑前他果然脱掉了腕上的绑绳,抢走了年轻守卫的刺刀,刺向士兵的胸膛。他抢来另一名士兵的卡宾枪,对准士兵,卡宾枪却哑火了。萨坦克扔掉卡宾枪,用刺刀攻击这位被吓呆的士兵。

"射杀这老恶魔!"一个士兵喊道。士兵们立刻齐射,萨坦克被射杀,向后倒下了。

"他咬掉了自己的手腕。"一个士兵惊叫道。

几个士兵用来复枪指着萨坦塔,他安静地坐着。他不想让士兵们也把他杀了,知道有几人想这么做。

士兵们没开火。

为不惊吓士兵们,萨坦塔很快唱起死亡歌。

14

内莉终于在第三节车厢里找到怀亚特。他在玩单人纸牌游戏,似乎没醉,却好像几天没刮脸,面前的桌子上放着杯威士忌。

"你家拥有那样著名的酒馆,至少招牌有名,为什么在可以被妻子伺候时却跑来这个臭下水道饮酒?"

"该死的,这关你什么事,我就喜欢这儿的味道。要是有她伺候,我自然可以找乐子。"怀亚特说。他暗自认为内莉虽然令人讨厌,但不可否认她拥有漂亮的脸蛋。生育没毁损她的身姿,而要说她有什么突出的话,就是胸部比杰西高些。

"说真的,到底为什么? 想必杰西为你的健康设法限制你的威士忌来着?"

"我比道克健康,希望你俩别打扰我。"

"我会马上走开的,只是比尔·科迪想与你聊聊,你哥哥摩根也在找你。"

"科迪找我? 我知道你爱上了那个老唠叨鬼。他找我聊什么?"

"我爱谁是你的猜测,你谈论这事太粗暴。我这就叫比尔去。你知道,他总指望改善他的表演,想增加个枪手。"

"增加个什么?"

"枪手。枪手小品。'比利小子射杀新墨西哥州的所有人',给公众提供了蹩脚的笑料,从而也让比尔的小品一举成名。现在比尔·邦尼死了,比尔大概认为你和道克是最好的

31

人选。他一直在这儿寻找表演好手。"

"可他找错人了，内莉。什么好手？我仅在北边的道奇赢了几个纸牌高手，也教训了一些粗暴的牛仔，我从没做过发生在新墨西哥的那种事……道克也同样。"

"怀亚特，仅是演戏。你总可以拔枪空射吧？薪水会让你吃惊的。比尔不吝啬，主要是寻找能快速拔枪的人。"

"快速拔什么，内莉？生活中的大部分时间里我从不带枪，我想，用眼神就能吓跑许多牛仔。"

他虽然想让内莉·考特莱特清静清静，却没说出来。最后他同意去见科迪，甚至承诺如能找到道克带他同去。道克过的不是正常人的生活，整夜赌博，白天睡觉，天天放荡。

有一段时间，怀亚特坐在遗言酒馆的门廊里，看政要们成行钻入他们的豪华私家小车里回家。他们因英镑从遥远的堪萨斯城或其他地方来到这儿。

出钱人本尼·厄恩勋爵依旧在敬酒，大概还在吹嘘，只不过怀亚特听不到。

大平原上空，太阳再次落山，风笛在尖叫。厄恩勋爵不想终止他的风笛声。

15

"你是说表演抢劫？"道克问，"如果哪个傻子装上真子弹怎么办？"

"不会的，"科迪说，"我们经验丰富，像'卡斯特最后一战'这样的大场面都演了几百次。"

"你有经验，可我对枪不放心。"怀亚特说。

"好吧，你们自己负责枪支。"科迪说。

怀亚特与道克相互对视。

"大概相当安全吧。不管怎么说，我们谁也不会用一支手枪射击一个谷仓的。"怀亚特说。

"主要是练习拔枪。"科迪向他们保证道。

"科迪显然好笑。如果你要演拔枪的剧，最要紧的事是要让枪在枪套子里，或至少在口袋里。"怀亚特说。

"确实，我怀疑比利小子在还击杀手们时，他的枪是否在该死的枪套里。"道克说。

野牛比尔露出疲惫的微笑。他在考虑如何对不像枪手的两人解释演出是怎么一回事。这当然是一出边疆枪剧：枪手必须在拔枪射杀时高喊，他杀死了夏安族印第安人黄毛，并拿回了被黄毛揭去的卡斯特将军的头皮。

这出剧自然要更加完美。在让维多利亚女王以及其他许多王公贵族们过瘾的这出剧里，好人必须赢，恶魔绝不能得胜。

类似的事情刚好发生在怀亚特身上："我和道克对峙时，谁赢?"

想着内莉的科迪回神说："你们可以用抽签或抛硬币的方式决定。你们谁也不要总赢。"

"演一次，我可以付你们每人100美元。"

"相互空射，每人100美元?"道克惊喜道。

科迪点头。

"现金?"

"现金。你们得在丹佛待一阵子，那儿是我们的总部。"

科迪向他们保证道。

道克看着怀亚特问道："怎么样，地方法官？"

"我不能像你那么自由决定，得同太太商量。"

"好，但要快。我们最好在真正的角色出现之前先确定下来。"道克说。

"谁是真正的角色？"科迪笑着问。

"任何喜欢射击且不反感表演的人都可以扮演。也许是佐治亚州的哈丁那个家伙吧。"道克回答。

"他跟你同样，也是个牙医嘛。"科迪微笑道。

"晚了，他已经被绞死了。"怀亚特说。

"他也是个疯子。可能的话，我更愿意雇心地纯洁的人，但西部这儿毕竟有好多人能表演枪手。"科迪说。

"那好，我这就去看杰西，希望不用去叫醒她吧。"怀亚特说。

"伟大的怀亚特·厄普竟然是个妻管严！"科迪感慨道。

"你显然不了解杰西，她发起脾气来会让鬣狗去飞。"怀亚特说。

"如果我特别劳累的话可能也会这样，这大概是我丈夫去南太平洋生活的缘故，如果他还活着。"内莉说。

厄恩勋爵结束了宴会桌上的祝酒，风笛声再次尖叫起来。

"我为自己的忍耐力骄傲，但风笛手们大大超出我的极限。"内莉说。

"要我射杀一个吗？如果我以后和科迪一起工作，不管是不是实弹射击，都需要演练一下。"

"即便不射杀那些风笛手，也得射穿一两个风笛。"道

34

克说。

"不,不,道克,他们是无辜的,只不过确实吵闹些罢了。"
内莉说。

16

像往常那样,当怀亚特局促不安地走进酒馆后,杰西便
开始生气:"我真想把这威士忌酒瓶扔向你。"

"很高兴仅是想想,还可以更好地处理这威士忌酒瓶嘛。
吻一个怎么样。"

"你够格吗?"

"当然了。"怀亚特说。接下来,他们在楼上不常去的一
间妓女室内的床上翻滚……

"噢,真令人愉快啊!"怀亚特说。

"这不能弥补一切。你该带我去那个宴会。这儿附近唯
一的一次聚会,而你却让我守在家里。"

"杰西,该死的宴会不就是你嘛。你要做的只是走上阳
台罢了。"

"你知道我的意思。我可以与丈夫一同出席嘛。"

"哎呀,我忘了依然是你该死的丈夫的事了。"

"即便是,你照样不时常尽义务。"

"也许我的安慰有限。"他说,想知道为什么女人总爱
唠叨。

"主要是你宁愿饮酒。"

"我们换个话题吧。我们搬往丹佛吧。老比尔·科迪为

35

我和道克提供了份演出工作。"

杰西坐起来，把罩袍拉下胸部。

"要你为他做什么？我能做点什么？"

"要我和道克假扮枪手，相互空射。"

"如果有真子弹呢？"

"道克也这么认为。科迪发誓枪内不会装错子弹。"

"我呢？"

"丹佛是个大地方，也许沃伦要展示他的那块招牌并投资自己的酒吧，如果不是那样的话，我们很快会给你找到另一个酒吧的。大概称之为'高地酒馆'吧。"

"好吧。"杰西答道。她厌倦了长草镇。

"道克去吗？"

"相信他会考虑的。"

"好吧，我去。"

丹佛肯定比他们所在的地方好，她便起身去洗澡。

17

厄恩勋爵好心地把他的私人铁路机车借给比尔·科迪回堪萨斯，以便他可以从那儿搭乘火车去丹佛。在最后时刻，内莉跳进比尔·科迪的车里，尽管丹佛与她居住的丽塔布兰卡的方向相反。

为能更久地与他待在一起，即使是朝相反方向，她也愿陪他同行一百英里。在她的生活中，无人像比尔那样对她如此重要。他给了她无止境的慈爱与帮助。

当天晚上,她用棉手帕拭去科迪眼里的泪水:"怎么了,亲爱的?"科迪在看窗外。两人都知道缘由。"每当穿越这平原时就会流泪。我在这平原上度过了太多的快乐时光。我初来这儿时,遍地是密集的野牛,你几乎无法骑马穿越它们。"

"那必定是一景。"内莉感慨道。

"哦,是的……我恐怕不会再有机会看到堪萨斯美丽的深草了。我完了。"

"别这么说,比尔……你知道我多么需要你。"她坦白道。

他们轻轻地相吻。他们在一辆私人车上独处,而如果她丈夫还活着的话,仍在数千英里外的南太平洋上,这让内莉不安。他们依然相吻。

"我们从没……我们从没有。我讨厌只是想念你。"她呢喃道。

"你的确思念过我,亲爱的。"科迪说。

"我们吻了那么多次,你向我敞开了怀抱。"

"噢,比尔!噢,比尔!"内莉说着把他拉近。

比尔·科迪把他的手放在她身上,睡着了。

古德奈特飞身下马后,玛丽·古德奈特便冲出她的棚屋学舍,热吻他。这一幕让她一直施教的三个领头人吃惊,几个牛仔同样吃惊。在帕洛杜罗地区,不是每天都有这样的热吻的。

女人是如何发生这样奇怪的变化啊,古德奈特想。在追求她的那些年,他从未被允许过这样激烈的热吻,通常只在离别时,她仰头,让他从她肩头吻她的面颊。

"你回到这儿花的时间可够长呀。"玛丽说。

"路上吊死两个盗马贼,耽误了些时间。"

他立刻知道解释是个错误。玛丽仿佛挨皮鞭般猛地缩回身。

"查理,他们多大了?"她问。

"足以分辨是非。"

"回答我的问题!"玛丽正色道。

"至少 21 岁吧。附近没有树,我们就把他们吊死在电报线杆上了。想这不会毁坏杆子吧。"

"你这个混蛋,谁让你做法官来着?"她斥责道。

"可我们人赃俱获。"他结巴道。尽管玛丽的恼怒是司空见惯的事,可他依然不知所措。

"这儿是蛮荒地区,你自己是这蛮荒地区的一件作品,查理·古德奈特!"

"哦,我不像你受过教育嘛。"

"请礼貌些吧,不要插嘴。"

"你想怎样?"

"希望能把那些男孩带回生活中,可你已经不能了。所以,我若是能坚持下来的话,就给你十年时间吧。"

"十年做什么?"

"使这儿成为一个有法官与法院的公正之地。之后,有一个能教授代数的学院。这两件事按时完成后,我也许就不会离开你的光明地区了。"

"没有太多的地区比这儿更光明。方圆三十英里内几乎没有一棵树和能够遮阳的云彩。"

"不要狡辩,查理,你并不擅长狡辩!"她说完转身走开,但又停住:"你妥善埋葬那些男孩了吗?"

古德奈特不知道自己如何犯了如此大错，这种事不是第一次了。

"我们要急着赶路。"他咕哝道。

"嗯，那些男孩幸运，永远不用再着急赶路了。"

她狠狠看了那些领头人一眼，然后走开了。

18

博斯卸下古德奈特的马鞍后，找一个松节油瓶瓶塞。原来的瓶塞掉了，他决定用自己削制的一个取代。他翻找时听到身后的说话声。老板古德奈特在和太太交谈。博斯知道，最好不要去过多地关注丈夫和妻子的谈话。

谈话停止后，玛丽·古德奈特走回她的棚屋学舍。博斯见古德奈特独自站着，看上去被挫败了，不过，这样的挫败自然不会持久，因为古德奈特少有这样的挫败。过了一会儿，他走向博斯。

"嗯，我输了战斗。你赢过与女人的战斗吗，博斯?"古德奈特问。

"老板，我没跟女人打过交道呀! 如果说帕洛杜罗周围有女人的话，我也没见着呀。"

"我说的就是这意思，你找到了个安全的地方，我没你有远见。"

"玛丽夫人会做饭呀。"博斯提醒他。

玛丽的多数朋友叫她莫莉，而古德奈特不愿这般亲昵，尽管他们恋爱了七年，结婚也已八年了。博斯效仿自己的老板。

然而,玛丽也有心情欢畅的时候,她有时甚至喜欢跟古德奈特在床上角力。她意外强势时两次让他流鼻血,他从没这样,只不过一次用肘碰伤了她。

"你怎么不像我的朋友们那样叫我莫莉?"一次她这样问道。

"难为情嘛。上帝的真理。"他承认道。

"可我是你老婆呀……你缠着我让我嫁给你,没理由不这样称呼我。"

"你不是真要让我叫你莫莉吧?"一两天后他问道。玛丽没回答,他也没这样称呼她。

古德奈特同博斯一起站着时,想起了玛丽要他拿些粉笔。尽管厄恩勋爵还没过足风笛的瘾,古德奈特还是没有忘记这事儿,便从马鞍袋里取出些送到学舍。那只是一间有三条长凳、一块黑板、一个老师专用高凳的小棚屋。

"甭打断我,放在凳子上好了,我们在读莱茵河少女的故事呢。"坐在高凳上的玛丽一眼都没看他。

古德奈特知道,她依然因他吊死两个年轻的偷马贼而冷落他。

19

晚上,他们难得一起住在帐篷里,帐篷里并排放着两张漂亮的床,玛丽改变了尖刻的态度。

"怎么,终于回家时仅让我听你的呼噜声?你肯定不太会与女人交往。"她说道,在暗中碰他的一只脚。

尽管他力图对玛丽主动,多半还是被动:"我在这儿觉得轻松的事唯有打鼾呀。已经半夜了,打呼噜怎么了?"

"像我这样枕着胳膊肘睡觉,就不会了。像你那样仰面躺着睡觉,自然会。"

古德奈特开始生气,如果得到的只是恼火,有什么好谈的。

"我会再在长草待一个月……也许那时你会感谢我的到来吧。"

"也许是吧。但即使现在已经很晚了,我还会感谢一次夫妻相会的。"

"做什么?"

"夫妻相会的事嘛。若是你记得的话,是……我勉强可以做的事。"

"玛丽,我不想说一夜。"

"我没请你说嘛。"

古德奈特哑口无言,几乎恼火了。他滚到玛丽的床上。她愿意接受他让他吃惊。他只是默不作声地行事,玛丽最终的尖叫声自然传送到寂静的草原上空。古德奈特有点尴尬,玛丽却立刻睡着了。

裹在毯子里的博斯听到了古德奈特帐篷里的声音。

"这个玛丽太太。"他暗自笑道。

青年牛仔提姆也听到了。他听说响尾蛇不靠近黑人,便睡在博斯一旁。

"他们在相互厮杀?"提姆问。

"不。不是你该管的事。"博斯说。

青年牛仔威利和约翰睡在一个套索绳圈内,因为他们听说蛇不会越过绳圈。而博斯更清楚,蛇会随心所欲地去它们想去的地方,也不会管白人、黑人,或绳圈什么的。不管它们有害与否,听凭它们迁徙吧,整个草原到处是蛇的美味——草原土拨鼠和大林鼠。迁徙中的响尾蛇很少发动袭击,他时常在早晨看到他的马鞍里有蛇,却从未被它们袭击过。

满月的夜晚,低悬的南瓜色的圆月仿佛可以触摸到。

天破晓时,博斯听到靴底的嘎吱声,知道古德奈特老板起来了。有要紧事时他时常早起。

"希望木匠们快点赶来这儿。我是说我的木匠,不是厄恩勋爵的。玛丽不会容忍久睡小床的。这不怪她。睡这样该死的床让我后背痉挛。"

"玛丽女士该有她自己的房间。"博斯说。

"她不是女士,你可以叫她莫莉,我好像不能。有时候女士不想成为夫人。"古德奈特说,主要是自语。

"你在乎吗,老板?"

"不,该死的全职夫人的花费很快会让我破产的。"

博斯拿起绳索去捉马,光线太暗,他无法甩套索。

20

古德奈特走出他想要修建主牛栏的草地时,看见一个从南边而来的熟悉的骑者。

"是夸纳大佬到了。他好像又为你太太找来一头野牛犊。"博斯说。

"我尽量把这头算上吧。越少干预,越少出错。此外,我见夸纳无处不在,连我在银行排队时都能看到他在我前面。"

可当夸纳牵着牛犊走到他跟前时,他却礼貌道:"谢了。你得把这小牛犊带给古德奈特太太,她经营野牛业务。我负责这些牛。"

"这是在你把印第安斗士清除之后的事。除麦肯齐外,全看你了。"夸纳说。

古德奈特想起妻子不止一次地说,她认为夸纳可能是美国最好的人。这不意味着夸纳真是美国最好的人,而是玛丽·古德奈特爱脱口说些让人起鸡皮疙瘩的话。

"再对我说说皮斯河事件吧,我因此在余生中失去了一位母亲。"夸纳要求道。

"我想你无助于在那儿居住的移民。我那时是别动队员,袭击了一个科曼契族印第安人营地,那里主要是妇女和儿童。那些妇女逃命,萨尔·罗斯喊叫着追杀你母亲,我看到她忧郁的眼神,看到她在大叫,而罗斯没有开枪。"古德奈特说。

"希望你不要惦记她了吧,她是幸福的。"

"她是得克萨斯最著名的白人俘虏,你我很难忘却她。她家和你家一直寻找了她近二十年。"

博斯走过去:"早上好,大佬。"他伸手去牵野牛犊,夸纳却后退:"不,我要亲手交给莫莉女士。"

"她不是什么女士,是我老婆。"古德奈特说。

"除了你大家都叫她莫莉。你为什么反感这名字?"

古德奈特没吭声,走过去给马备鞍。

"他一清早就脾气不顺。"夸纳评论道。

"脾气时而不好。"博斯说。

厄恩勋爵的城堡隐约出现在北边两英里处。夸纳参加了在华盛顿召开的一个宣布厄恩勋爵国际合作的招待会,从勋爵那里听说了这个城堡,但没料到它竟然如此庞大。他自己质疑"庞大牛帝国"这一概念,认为牛发育缓慢,难以越过平原严酷的冬天。在之前的几个冬天里,北部平原冻死的牛已价值五千万美元,这就是最好的证明。大概古德奈特会在养牛业中有所成就,可夸纳依然保留对他的质疑。夸纳的兴趣是社交的机会,眼前的巨大城堡就是好机会。他以前从未去过城堡,期待拜访厄恩勋爵。

"听说厄恩勋爵有个漂亮的女人……了解她吗?"

"只知道她是个高个儿。"博斯说。

"我喜欢高挑女子。我的妻子大部分都是矮墩个。听说厄恩勋爵带了他的灵犬……希望能与厄恩勋爵打次猎。知道他期待何时去吗?"

"不知道。"博斯说。他没亲自参与别动队夺回夸纳母亲辛西亚·安·帕克的皮斯河战斗,但去奥斯汀周围察看过几次,却从未见过一个眼神里没有生气、绝望悲伤的女人。当他在一天听到她死去的消息时,认为对她必定是种解脱。

"那女子果真是个高个儿的话,我可能会娶她做老婆。我仅有三个老婆。"

"三个可比我强得多。"博斯心想。

21

圣萨巴的右脚上一直穿着只提到腿肚子的厚袜子,甚至淋浴时也不脱去。弗洛虽然从没问过,却一直纳闷。至少在条件允许时,圣萨巴几乎天天淋浴,却从不脱袜子,可能是对自己的身体不在意。

在建议她们前去得克萨斯新牧场这天,圣萨巴又穿着湿淋淋的袜子走出浴室。她注意到弗洛在盯着自己的袜子,便当着她的这位专用佣人的面,毫不犹豫地弯腰脱去它,露出了右脚踝下方一块红色烙印。弗洛一惊,不知道看到的究竟是什么。

"这是他们给我打的烙印,我很少展露它。"圣萨巴说。

"谁烙的?"

"宦官,在我 6 岁时烙的。"

"伤你很深吧。"

圣萨巴笑了:"现在依旧。你现在知道了我的极其黑暗的秘密了吧。给我拿只袜子好吗?"

厄恩勋爵在指导随同他出行的庞杂的人员:一个风笛手,一个捕禽人,一个驯鹰人,一个照管灵犬的人,两个铁匠与两名厨师,三个爱尔兰洗衣工和一名电工。随行人员挤满了四轮马车、轻便马车,以及其他交通工具。厄恩勋爵显然已经考虑到了未来的电气用品,显然认为他的得克萨斯企业绝对是艺术品。

"不及一半的措施。"他喃喃地说了好几次。这是他的座右铭,他试图把这句话说成漂亮的拉丁语。

圣萨巴在自己的阳台上看着。放眼镇子远方是没有色彩的辽阔的大平原,忧郁、广阔,正如厄恩勋爵所称的,是草海。

厄恩勋爵一直在餐桌上饶有兴味地注视着圣萨巴。多年来,她一直以自己的热情活跃本尼·厄恩的餐桌气氛。菜

肴绝佳,是野鸡肉和刚宰杀的鲜兔肉。她自是安静地吃着
兔肉。

"怎么?饮食不合口味?"本尼·厄恩关切地问道。

"我们前面的旅程艰难,吃太多会变傻的。"她说。她的
情绪出乎他的意料,让他一怔。

"废话,我每晚都吃很多。你的笑容、你的笑声哪儿去
了?"他质问道。

圣萨巴直视着他,那大概就是她妈妈拒绝苏丹时的眼
神吧。

厄恩勋爵找了个借口离开饭桌。

"这不会是终结。"圣萨巴明白厄纳勋爵绝不会就此罢
休,她确信自己会像玫瑰妾妈妈那样遭受惩罚。

22

怀亚特和道克参与了表演枪手的短剧。开头却很不顺
利,原因之一是两人都轻视角色实践,没用心演练。

"从枪套中拔枪射击用得着演练?"怀亚特诧异道。

"任何演出都需要演练。"科迪告诉他,却没强调其重要
性。这些喜怒无常的男人们足以很快获知演练对演出的必
要性。

首次拔枪时,怀亚特因用力过大,手枪脱手,落在前面二
十英尺外的污物桶里。道克的手枪却粘在枪套里拔不出来,
他恼怒地把枪套撕下来,扔掉。枪套却恰好砸在了在舞台闲
逛的一匹野马身上。

观众沉默了,他们多半渴望戏剧再现卡斯特的最后一搏。几个活跃的野马骑手、一个牛仔,还有几个窃笑者,没能令怀亚特、道克以及科迪的情绪好转。

"他们把它演成了一出喜剧。"碰巧在附近的安妮·奥克利的丈夫说。

"可这并非喜剧呀!"

第二天晚上的演出并无改善。道具师为道克装上空包弹,却忘记了怀亚特。道克射了怀亚特六枪,怀亚特把他的空枪扣动了六下。

第三天晚上他们才步入正轨,用空包弹对射。但是也没引发观众多少兴趣,有人甚至叫喊怀亚特再次扔掉手枪。

第五天晚上,他们可以相当不错的快速对射了。但第六天晚上,科迪一脸失望地走来告诉他们,演出老板科罗拉多巨头哈利·坦恩认为多数观众没什么兴趣了,戏剧从而停演。

"停演,你是说我们失业了?"怀亚特问。

"你们是失业了,而我除了身上的衣服,一无所有了。他明天要举办拍卖会,甚至想卖掉我的马呢。"科迪说。

"为什么,这婊子养的。我毙了他怎么样?"道克说。

科迪自是落寞。怀亚特和道克开始喜欢这位老演员。

"噢,比尔,这糟糕极了,你打算怎么办?"

"回家跟我妻子露露吵架。她住在纽约州的布法罗。"

"至于你们两个枪手,会有其他机会的。得州的杰克可能雇用你们,丹佛南边有好多赌博窝。"

"不,我想去低海拔地区,杰西在高海拔地区流鼻血。"怀亚特说。

科迪举手示意了一下,转身走了。

"我们该杀了坏蛋坦恩,他几乎把比尔·科迪逼进坟墓了。"怀亚特说。

"我不喜欢在这儿赌博,竞争代价太大。我一直坚持玩了两周才赚了80美元。你知道我在扑克桌上有多危险。"道克说。

"我承认你公平,可不公平的地方我是不会去的。"怀亚特说。

"那么,接下来我们去哪儿闯呢,兄长们?"怀亚特向三个哥哥摩根、沃吉尔、沃伦问道。沃伦带着他的遗言酒馆的招牌,自然要去能挂这块招牌的地方。

"墓碑镇为沃吉尔提供了警长的职位,他可以雇我为副警长。"摩根说。

"所以,只有我和沃伦去闯荡了。"怀亚特说。

"你不喜欢警长或任何工作嘛。"沃吉尔说。

"这个不假,但我更讨厌挨饿。"怀亚特说。

"有莫贝特尔呀,那鬼地方比墓碑镇更近,说是那儿依旧没有法律没有秩序。怀亚特是不会让他的爱妻去高海拔地区的。"摩根说。

"我不知道莫贝特尔这地方呀。"道克承认。

"哦,那儿是古德奈特的家乡,大概在他牧场附近吧。指定是个多风的地方。"摩根说。

"你真是个花花公子,怀疑你知道那儿的所有事。"怀亚特说。

"差得远呢。"摩根说。

怀亚特眼神冰冷,拱着肩坐着。摩根知道,他的弟弟此

48

时渴望引发一场战斗，和任何人的战斗。

每逢这种场合，离开是唯一明智的选择。摩根离开了。

23

杰西身处高海拔地区的丹佛就爱流鼻血，而怀亚特比杰西更恨这一点，他看到血就面色苍白。他们抵达那儿后，她的鼻血就喷在怀亚特的胸口和衣服上。

"哎呀，该死的！"不等他们安置完，怀亚特就叫嚷着拔腿跑了，一周不见踪影。他时常威胁要离开杰西，现在终于这么做了。但她认为，他不至于这样吧，他有可能待在酒馆里，嫖不嫖娼不敢肯定，因为怀亚特难得寻开心。杰西清楚，自己只得最终在别处寻找浪漫了。她首先打算去看沃吉尔，沃吉尔很少打听杰西的事情。

杰西依然知道得谨慎些，尽管厄普弟兄们会争吵，可遇有威胁，哪怕只是社会威胁，就会立即抱团。

怀亚特露面后十分狼狈——他沉溺后总是这样。他很少注重修饰，而摩根正相反，总是西装革履。

有一两次杰西试图跟沃吉尔偷吻，结果失望。道克·霍勒迪也从没给过她这种机会。而她之所以想这么做，也只是为引发一场与怀亚特的冲突，希望最好与丈夫混战，这胜于只是无聊地把瓶里的威士忌倒入玻璃杯里。

"我们要定居一段时间。"怀亚特告诉她。

"做什么？"

"你、我还有沃伦去拜访叫作莫贝特尔的镇子，大概在得州。”

“道克呢？”

“他犹豫不决，但我料定他最终会加入我们的。”

“为什么要去莫贝特尔？”

“为什么不呢？它是个崭新的镇子，沃伦扛着他的招牌，希望找一个能挂它的酒馆。”

“我会做酒吧酒保或女招待一类的事吗？”

“看情况吧。”

那天下午，为打发无聊的时光，杰西去一个照相馆拍照。摄影师让她装扮成一个印第安人。在一张照片中她竟然袒胸露乳。怀亚特大概不会很喜欢她这样。好在他从没有看到过这张照片，至少数年后才在亚利桑那的一本杂志上看到。当时，由于怀亚特和沃伦急着离开去得克萨斯的莫贝特尔镇，杰西就趁机带走了这张照片。

第一天晚上下雪了，他们只能用牛粪点火。牛粪篝火不能取暖。杰西没在乎，至少他们走下山区，她终于停止了流鼻血。

24

查理和玛丽·古德奈特向他们的英国伙伴厄恩勋爵展示他们共同拥有的牧场。他们骑乘穿过加拿大河河谷断层处，时逢野李子丛茂盛，但果子尚未成熟。

“如果我们有房子，我不介意周围有一丛野李子。查理，你认为它们能移植吗？”玛丽问。

50

"如果有人愿意挖,就能吧。"

厄恩勋爵的灵犬突然扑向两只北美灰狼,顷刻间,灵犬与灰狼一同狂吠起来。

古德奈特思考着打猎的事。他们身处帕洛杜罗峡谷悬崖边,随处是沟壑。厄恩勋爵骑乘的是他的纯种马,而在古德奈特看来,这马易受惊吓。

"纯种马大概适合于苏格兰或某些平坦地区,而不是这儿。"他说。

"苏格兰也并非特别平坦嘛。"玛丽顶撞道。

她好像要争论。他锁住了舌头,但还是谦恭道:"多数地方比这冠岩层地区平坦些。"

含糊的问题。厄恩朝本尼的灵犬追逐灰狼的方向策马大步跑去。本尼·厄恩自然是熟练的骑手,但不熟悉这崎岖的乡野。当灵犬突然消失时,本尼便夹了一下马刺。挥舞着一根木棍的本尼·厄恩也随即消失了。

古德奈特预感前面发生了什么,便狠夹马刺。当他抵达时看见一个二十来英尺深的陡峭悬崖。崖底,那匹纯种马试图用折断的前腿起来,两只灵犬遭受同样的命运。厄恩勋爵仰面躺着,死了。没看见那两只狼。

不一会儿玛丽小心翼翼地骑马赶来了。"啊,查理,上帝!"她惊叫道。

一个年迈、矮小、脏兮兮的男人弯腰查看厄恩勋爵。他原本在用一把小刀剥一只臭鼬皮。

"哎呀,是卡多·杰克! 我的学舍就是他的小棚屋呀!"她再次惊叫道。

"加拿大河谷有大量的臭鼬,这儿几乎全是杰克铺设的陷阱。"古德奈特提醒她道。

他们在西边一百英尺处找到下到崖底的一条小径，小心地下去后来到尸体旁。

"谁蠢得赶来飞下这悬崖？差点砸了我。"杰克说。

"英国人。他活着吗？"

"不，死了。脖子断了。"杰克说。

"我现在失去了一个富有的伙伴。"古德奈特心想。

玛丽哭起来。

25

看到被马车载回来的厄恩勋爵的尸体，圣萨巴立刻意识到她致命的处境。弗洛也有同感。男管家、蹄铁匠、铁匠、厨师和所有本尼的工作人员都默默地看着她。长期以来，她是厄恩最宠爱的人，她如女王般命令他们，尖刻地要求他们。现在，如果他们抓住她，她将付出代价，并且面对的不只是一般的私欲。据说照顾奶山羊的老哈米德年轻时专职拷打。圣萨巴不想让他在自己和弗洛身上故伎重施。

古德奈特是她唯一的希望，所以她立刻走到他身旁。

"古德奈特夫人，我愿意带弗洛为你工作。我保证我们俩有用。我们留在这儿会迷失的。"

玛丽看看围在院里的男人们，明白了圣萨巴的意图。人们盯着两个女子，一个不是纯黑肤色，另一个不是纯白肤色。

查理·古德奈特没留意他们的眼神，他不明白失去一个伙伴后为什么要接受他的两个女人。

"雇她们做什么？我们甚至没住房呀。"他生硬道。

"不，你可以，这儿是你的地盘，你可以声称拥有它呀！"玛丽说。

"声称接收这摊子？我们为什么总是像摇葫芦似的喋喋不休？"古德奈特问，但随即觉得这想法可取。

"我们可以在里面开办我们的学院，也许还可以建个法院。我想在城堡正常运作之前，得在它周围归拢个镇子。"

"我突然想到了莫贝特尔，它小得可以随时迁走。"古德奈特说。

"我们可以缝纫、烹饪、洗衣。我甚至可以帮你教书。我的西班牙语流利，你们得克萨斯人很快会需要的。"

玛丽·古德奈特鼓掌。

"瞧，查理，昨天我听你对本尼说，你很快需要个能和墨西哥人交流的人，以便跟随你的牧人们长驱直入得克萨斯南部去赶牛，现在有人自荐了。"

"除了这些我还擅长驯马。"圣萨巴说。

"女人驯马？"古德奈特吃惊道。

"是的，一个南美老牧人教我的。本尼拥有百万亩南美草原，有比你在得克萨斯多得多的牛。"

"啊？我不信！"古德奈特异议道。

"真的。我几乎喜欢上南美草原了，它像这儿。那儿的牛肉绝佳。"

"我听说了，但无闲去访问。我没有驯马帮手，我的多数野马没完全被驯服，这对牛仔们是个威胁。"

"那就让我试试吧，古德奈特先生。我能做我声称的事。"

玛丽搂住圣萨巴。

"我们雇她们吧，查理。我厌倦了做这乡间的唯一体面的女人。"

古德奈特一直纠结于两个女人的身份是否体面，可他意识到玛丽确实需要伙伴，不能太挑剔。此外，多年来，他在平原上时常看到妓女相继成为一些牧民和牛仔的优秀妻子，甚至比各地的清白女子更优秀。

"你这么认为，那就雇她们吧，玛丽。我们最终会合计出她们能做些什么。希望她们不在意简陋的宿营生活，这是得持续一段时日的生活。"

"我们不介意。"圣萨巴说。

玛丽也搂住了弗洛。

"你们俩像我朋友们那样叫我莫莉好了。"

"这位'上校'，怎么称呼你？"过了一会儿圣萨巴问。

玛丽大笑："他是什么样的'上校'啊？不说脏话时叫我玛丽，而朋友们叫我莫莉。"

"不错的名字。"圣萨巴说。

26

怀亚特和道克终于在尘土飞扬的一天抵达莫贝特尔附近，他们跑入加拿大河谷边一个驼背矮子搭建的简陋营地。老人在剥一只臭鼬的皮，身后堆着四五十张皮。他没因他们的到来而不安，事实上还用两人谁也不知道族别的印第安人的碗，给他们提供了备好的炖肉。

"我是卡多·杰克,以卖臭鼬皮为生。买皮子吗?"

"不。这么说什么肉都可以拿来炖啦。"道克说。

"这碗里的是长耳大野兔。"卡多·杰克说。

"噢,行,这就不同了。"道克说着端了碗他喜欢的炖肉。

"卡多·杰克,你这个众所周知的撒谎人,料你仅吃臭鼬吧。"怀亚特说。

他们停下来去数莫贝特尔的建筑,这花不了多少时间。

"我仅数了七个,其中一个是个理发店。"怀亚特说。

"收购理发店所要做的是射杀理发师。我愿意做。"道克说。

"我的经验却是人们更愿意立刻射杀牙医而不是理发师。我们去找个酒馆润润嗓子吧。"怀亚特说。

他们就要走入一个破旧的小框架式建筑时,一个骑栗色马的牛仔径直从摇摆的门里冲出来。栗色马快速越过门廊,在街上猛跳,把牛仔甩下来。

"是蓝泰迪。他为萨海·皮尔斯工作。应该是这样。"怀亚特说。

"我不认识他,我们得揍他。他差点踩了我。"

"他是个不安分的牛仔。我曾经在迪奇抓捕过他。我知道他赶一群牛去蒙大拿了,怎么又跑到大草原这儿来了。"

"我听说蒙大拿是冻死人的好地方。"道克说。

"我需要同接受过良好教育的人同行。你从没说过几句理智的话。"

"除纸牌、性交、牙科一类事外,我从没声称懂什么。"

"我把我妻子委托给我哥哥沃伦了,希望他能安全地把她带来。这期间我们能做什么事呢?"怀亚特问。

"你不让我在这儿拔牙,那就只好用醉酒消遣了。"道克说。

27

蓝泰迪被野马扔下马背后躺在了得克萨斯莫贝特尔街上。所幸,伙伴们谁也没看到他这位野马骑者的狼狈样。他是接受一个妓女的挑战,骑马闯进这酒馆的。他总敢接受挑战,品味充满趣味的生活。他喝了好多威士忌,醉得一塌糊涂,躺在街上听笑声,可不觉得有什么特别好笑的事。醒来时发现怀特·厄普把他拖往街上安全处。

"蓝,你最好去蒙大拿生活。你跑来莫贝特尔这样毫无价值的地方真是幼稚。"

"我需要工作,知道有去北方的牧群吗?"泰迪问。

"我刚来这儿,又不是牧牛人。查理·古德奈特大概有一些,可我听说他脾性刚烈。现在他不是拥有这狭长地带吗?"

泰迪喝了劣质威士忌,头在痛。

"你清醒吗?"怀亚特问。

泰迪看见唆使他挑战的妓女艾玛在酒馆门廊里看他。她矮小但有活力,喜欢他。

道克和怀亚特扶蓝泰迪站起来。他站起后去街对面看艾玛。一旦他恢复清醒,胆量也回来了。

28

厄恩勋爵死于帕洛杜罗峡谷一周后,野牛比尔·科迪也死于丹佛。内莉·考特莱特在专用的发报机键上敲出这一新闻。这发报机是科迪要求配置的。内莉一直很紧张,她痛哭不止,几乎看不清敲击的按键,事实上,她之前已数年没摸过发报机了,但科迪一再坚持,她不好拒绝,便重操旧业。总之,他们确实关系亲密,时常开有关结婚的玩笑,但从未付诸行动。

其时,内莉为诸多杂志撰文,也是其中一些的固定撰稿人。她发出《野牛比尔死于一个悲伤的世界》后不到一小时,便收到《纽约太阳报》的一封电报,要她去得克萨斯,撰写加拿大河旁边那个似乎不属于一个叫查理·古德奈特牧场主的巨大城堡。内莉自然记得古德奈特,她曾经冲动地吻过他。她要养活六个女儿,需要很多钱,所以立即接受了这份工作。

在大半路程中她搭乘火车,其余的路程乘坐租用的一辆轻便马车。

古德奈特忙于为他计划赶的数千头牛准备足够大的圈栏。内莉来到后吃了一惊,让她吃惊的不是庞大的圈栏,而是一个小圈栏里与几匹野马在一起的圣萨巴。她身穿皮裙,戴顶宽檐帽,努力给一匹野马戴上笼头后,牵它到对面的圈棚里。

古德奈特和玛丽在房子外的台阶上欢迎她,而大宅院里满是帐篷。

"啊,内莉,我最喜欢的客人!"她惊喜道。

"大概是你唯一的客人吧。"内莉说。她没拥抱查理,却想知道他是否记得她曾经冲动地吻过他。

"我去得克萨斯南边围拢一群牲畜。为什么事赶来这儿,考特莱特女士?"古德奈特问。

"查理,我们是老熟人了,直接叫我的名字不好吗?"

"是的,该这样呀,傻瓜。"玛丽附和道。

"我的方式不同于你俩。"他说。

这时,博斯牵着古德奈特的马走过来。

"你好,博斯。"内莉招呼道。随即冲古德奈特说道:"查理,我要为《科利尔》杂志写有关你的文章。你怎么看待已故的厄恩勋爵?"

"他本该小心他的去处。"古德奈特说完上马走了。

"一个女孩可以耐心地等待一个告别吻。"玛丽恼火道。

"我看见圣萨巴同一些野马在一个圈栏里,真是少见啊!"内莉说。

"是这样。查理的马全都撒野,所以让圣萨巴试试。她似乎做得不错,这让查理非常吃惊。"

傍晚,在厄恩勋爵留下的一张大餐桌的一角,她们吃了顿便饭,菜肴中还有一只羚羊羔腿。

"这很像小牛肉。"圣萨巴说。弗洛同她们在一起。玛丽喜欢弗洛,劝她剪去头发。她们一同在一个小房间里发现了数量惊人的扑粉与护肤膏乳液。

注意外表的内莉为这些奢侈品震惊:"仅三个女人能用这么多?"

"哦,是本尼为他的男童们准备的。他喜欢五六个男童围在身边。叫我萨巴吧,我会叫你内莉的。"

内莉知道恋童男人的事,却不知道在这空旷的得州狭长地带,厄恩勋爵是从哪儿找到他们的。

"我有了让杂志满意的东西了。圣萨巴,你至少应该让我写篇关于你的文章吧。我保证会谨慎的。"内莉说。

圣萨巴笑了笑,改变了话题。

29

古德奈特知道,闷热夜晚的闪电是赶牛路上的一大危害,坚持要牛仔们在夜晚把马缰绳放短,以防踩踏事件。这是正确的,可不是所有牛仔都能够明智地这样做。一些人无法在站立着的马的下方睡觉。古德奈特的视力在得克萨斯是出名的,很少有人能匹敌。一次,妻子和赶车老板认为看见了印第安人,让牛车拖延了数小时。古德奈特赶来后,瞥了眼他们所谓的印第安人,咒骂着告知他们,那只是两株丝兰罢了。在这个特殊的夜晚,同样出色的听力挽救了他。古德奈特听到了从西边传来的噼啪的雷声,闪电已将天空映得苍白。天全黑下来前牛群已经被惊跑了。古德奈特喊叫着发出警告后飞身上马跑开了。天上的雷声很快被上千只牲口的蹄声淹没。

狂奔的牛群几乎挤满整个平原,它们在他前面五十英里处横穿而过。牛仔们不知道的一件事实是,这里同时被三股庞大的牛群踩踏:古德奈特的、萨海·皮尔斯的和丹·瓦格纳的。数量大概不止上万头。

技艺高超的牛仔们可以控制住一些牛,可古德奈特清楚,这里的牛太多了。闪电中,他看见博斯在自己左边五十码拼命跑着,一些牛角上滚动着蓝色的静电火球。

古德奈特紧紧地伏在坐骑"麦肯齐"背上。他认为这匹坐骑比其他的更具有风采,遂以伟大的骑兵将军拉纳尔德·麦肯齐的名字命名。古德奈特并不是受过训练的无鞍骑者,只得攥紧它的鬃毛,知道掉下来就会被踩死。幸运的是,平原平坦,仅有一些斜坡。

这天,几位女士坐在未完成的城堡的门廊里,聊得很晚。内莉作些笔记,打算撰写有关现已被废弃的这个城堡的事。

"你不知道,对我来说,跟女人聊天是怎样奢侈的事啊。跟古德奈特说话等于对牛弹琴。"玛丽说。

圣萨巴突然停下手中的编织。

"怎么了?"玛丽问,随即感觉到了地面的颤动,门廊也开始震动起来。

"是牛,我们赶紧进本尼的建筑里去吧。"圣萨巴说。

"仁慈的勋爵!"内莉说,看到了南边黑黝黝的一片。

"快!快!快!"圣萨巴边说边和弗洛起身。很快传出女人们爬上本尼修建的奇特塔楼的声音。她们刚爬上去,牛群就涌入城堡,撞毁了那张大餐桌。一头阉牛试图冲上后面的台阶,但受限于它的长角,没能冲上去。

"牛的洪流!"内莉说。整个城堡被它们撼动。

就在内莉认为整个建筑要倒塌时,动物洪流退潮了。闪电继续闪现着,但已不在近处,而是在远方的平原上空舞动。

闪电中,玛丽看见博斯在小心翼翼地穿过残余的牧群朝城堡赶来。

"相信博斯能越过它们。查理说他是这儿最出色的牛仔。"玛丽说。

"甚至强过他?"内莉问。

"我不认为查理把自己视为一个牛仔,他主要视自己为一个老板。"

玛丽仅想到他会死去。他多次对她说,任何人在气数已尽时就会死去,会随时死去。闪电中,她看见十多头牛的尸体,它们是被活着的牛踩死的。

玛丽提着盏灯去给策马跑来的博斯照亮:"高兴你的到来,查理呢?"

"不知道,他骑光背马从我的东边离去后,我没再看见他。"

玛丽一阵恐惧,丈夫大概会死去。尽管她抱怨他,但她爱他。

"他可能回头找他的马鞍去了。"博斯说。

"死人了吗?"

在她的登峰造极的想象中,丈夫已经死了。

内莉的想法相同:比尔·科迪,厄恩勋爵,现在轮到查理了。

"能去找他吗,博斯?我担心呢。"玛丽说。

"我会找到他的。大概仅为找那个马鞍吧。"

"请快点吧。"玛丽说。

博斯点头,样子却不像焦急。走出女人们的视线后,他就减慢了速度,从容赶路。

30

　　"我们很幸运,没想到莫贝特尔这儿还有棵好大的树呢!"道克说。他和怀亚特结束了一夜的赌牌后,牛群涌来。牛仔们知道怎么做。蓝泰迪立即出门上马;而一些赌徒没那么利索,在街上乱跑,三人付出惨重的代价,被踩踏为果酱。道克和怀亚特立即冲向那棵大树,等牛群蜂拥过来时,两人已经爬上树了。

　　"该死的牛太多了。"道克说,但没人听。

　　怀亚特以为仅他们两人在树上,却觉得有东西碰他,感觉像是个人头。随着一道闪电,他看到就是一个人头。两个人头! 两个与身子连在一起转动的人头。

　　"啊,上帝! 我们爬上了吊死人的树。"他说。踩踏事件现已平息,他立刻跳到地上,却扭了脚踝,好一会儿才站了起来。

　　"他们不过是尸体罢了。"道克指出,他快速从树上下来,并且没有留下一点伤痕。

　　破晓时,清晰的晨光照亮了浩瀚的平原,怀亚特抬头看见两具尸体都很年轻。

　　"不知道蓝泰迪或古德奈特是否能阻止这场踩踏。"他说。

　　天大亮后,可以看到牛群虽然已停止奔跑,却依旧数以百计地云集在那里。

　　"我们可以拦截下这庞大牛群中的百十来头,我们即可开办个牧场，或者可以让杰西做厨师。"怀亚特说。

"不，我厌恶牛。"道克说。

"这是到手的钱呀。"怀亚特提醒他。

"一旦有了一头奶牛，就会有更多的牛的。"道克说。

"你如果不会饲养奶牛，我们可以雇用牛仔蓝泰迪呀。"怀亚特说。

"他到来之日就是我与你小子分手之时。"道克说。

"哦，好吧，我们就去亚利桑那吧。"怀亚特说。

31

杰西很快后悔选择与闷头的沃伦·厄普同行。两人在乘坐的马车上颠簸得越久沃伦越沉默。从一个不愿告知姓名的牛仔口中，他们得知了三股巨大的牛群在莫贝特尔附近某地汇集的大踩踏事件。

"你们会看到到处都是被踩踏死的牛的。"

牛仔说的是真的。他们果然开始看到随处堆积的牛尸和成群的乌鸦与苍蝇。

沃伦一言不发，只是竭力让马车避开牛尸。他有他的标志性东西——"遗言酒馆"招牌。一块招牌已塞满了马车尾部，杰西仅有几件衣服，所以并不介意。

厌倦、沉默让杰西想戏弄一下沃伦，他毕竟是她的大伯子，想看他是否在怀亚特真正跟她离婚后会娶她。

"我俩如果开办酒馆的话，我们可以这么做：保证走入它不留遗言。即便你不挂你的招牌。"

沃伦自是沉默不语。沃伦时常被妓女们讥讽为"沉默的沃伦"。众所周知,沃伦不具备忍耐她们的能力。所以进入平原腹地后,杰西益发觉得郁闷。他们本该如沃吉尔和摩根那样,从西部乘火车到加利福尼亚,再从加利福尼亚去亚利桑那。摩根总能找到工作,通常是执法官,尽管他曾在堪萨斯城消防部门工作。

"亚利桑那墓碑镇。"沃伦意味深长地说。

"不是怀亚特说的地方。怀亚特说我们要在得克萨斯定居。"杰西坚持道。

不等沃伦答话,他们就看见了约二十只羚羊。

"它们比鹿肉好。"沃伦说着端起枪。而羚羊非常机敏,绝不会靠近挨你的枪子儿。

32

古德奈特坚定地穿过死去的与奄奄一息的牛群返回,直到找到他的马鞍。如他所料,马鞍惨遭踩踏,但并未造成严重的损毁,找到另一个马鞍也不困难。让他欣慰的是,装在鞍袋里的印记簿安然无恙,他不能失去这本印记簿,因为它记载了二百多种用来区分牛的印记:一些是他的,更多的是丹·瓦格纳和萨海·皮尔斯的。古德奈特至少驱赶着八千来头牛,没有这些印记,几乎无法分辨它们。在任何情况下,识别它们得花费一周时间,别无选择。

三股牛群的混合踩踏事件得出一个教训:古德奈特、皮尔斯与瓦格纳都不善于与人合作,而只是贪婪的畜牧业者。

64

三股牧群相距过近放牧是极不明智的。平原地区有任他们发展的天地。他存留了这本完好的印记簿,至少比丹·瓦格纳的空口无凭强。古德奈特来到丹·瓦格纳跟前时,他正在同三个牛仔挖一个墓穴。

"你损失了多少,查理?"刚毅的矮子瓦格纳问。

"还不知道呢,但我会按照我的印记簿清点出来的。"

"皮尔斯的损失如何?"古德奈特问。

"没见着他,大概去哪儿喝威士忌了。"瓦格纳答道,随后转过头,对着刚挖好的墓穴点头,示意牛仔们脱帽。古德奈特也摘掉帽子。

"年轻的约翰仅是个 16 岁的好男孩,骑马穿过草原狗镇,晚上遭遇这厄运。他的马断了条腿,他径直被受惊的牛踩踏。这就是一个好牛仔的命运。阿门。"

古德奈特记得这男孩,他曾两次请求古德奈特提供份工作,都因太年轻遭拒绝。眼下,古德奈特觉得有些遗憾。许多优秀的牧牛马都在草原狗镇断腿。生活就是冒险,纯粹是冒险。

"丹,我们得分开牛群了。我的圈栏仅够一股牛群用的,容纳不了三股牛群,这至少得花费一周时间。"

这天晚些时候,卡多·杰克给他带路找到了萨海·皮尔斯。

"我损失了五十二张臭鼬皮。"卡多·杰克说。

"你可能损失了皮子,却永远逃不开它们该死的味儿。"萨海说。

古德奈特告诉自己并不喜欢的皮尔斯,他有印记簿,能在第二天识分牛群。牛仔们能协助他。

"我失去了三个牛仔,瓦格纳失去了一个。你幸运,全体人员幸免。"

"为时过早。"古德奈特说。他并不确切知道自己牛仔的情况,直到晚上博斯露面后才得知所有的牛仔都幸存。

"我们幸运。"他对博斯说,这时才意识到他只顾他的雇工们,而完全忘记了跟随他的女人们:"哦,该死,我仅想到你们这些牛仔,却把玛丽和姑娘们忘得死死的。"

博斯没吭声。女人们都想知道古德奈特老板的情况,一旦他见到她们,不知道自己该说些什么。

"你最好去告诉她们,等我把这些牛区分开后就回家。"他说。

博斯没答话。古德奈特清楚,博斯并不赞同自己的安排。

"哦,也罢!玛丽从不让我被什么事拖住,最好现在回去吃药。"他说着上马离去。

杰西不知道自己为什么总是在体面女人在场时自己就不自在。事实上,她出生在肯塔基的一家妓院,至少祖母是这么告诉她的。但她从没为钱卖身,尽管为保住酒吧工作时常不得不提供些不适当的服务。

怀亚特曾经警告她,如果抓住她从妓,会从脑后毙她。"这样你就不会看到自己的终结了。这是我对你的最仁慈的处置。"他说。

"偷偷摸摸的人。"她说。她认为看似粗心的怀亚特,并没有错过太多。

晚餐时分,她和沃伦的四轮马车抵达这座巨大的私人城堡后,随即被请去吃晚饭。

圣萨巴十分雅静,而内莉·考特莱特却滔滔不绝。

"兴许查理露面时我会高兴的。我想知道这次事件中有多少牛在奔跑。大概是最糟糕的一次踩踏事件,有更多信息时我就会写篇报道的。"

玛丽·古德奈特哼了一声。

"查理·古德奈特不是发布信息的人。我若问他先穿哪只靴子,他就会要我走开。"她说。

杰西对有人会关注男人先穿哪只靴子的事感到困惑,但却认为内莉漂亮,漂亮的女人会强烈地吸引厄普兄弟们的,尤其是沃伦·厄普。

"我看见你依旧带着你的'遗言酒馆'招牌,厄普先生。你打算把它挂在这儿的什么地方?"

沃伦立刻摘掉他的帽子,又迅速戴上:"我们想在亚利桑那开我们自己的酒馆。亚利桑那气候不错,你去过那儿吗?"

"仅去过那儿的一个度假牧场,没怎么在意。"

"沃吉尔是墓碑镇的警长,摩根是他的助手。他说那儿到处是小偷和杀人犯。我们得帮助他,所以带我的招牌来。"

"墓碑镇是个采矿镇,人们一般粗鲁。"玛丽说。

沃伦开始狂饮车里带的一瓶威士忌。杰西无法阻止他,更清楚酒瓶与一位厄普间的关系。

"亚利桑那。"他自言自语,随后慢慢滑下椅子,倒在桌下。

"如果我给见过的每个醉汉一美元,那我肯定是个富翁。"内莉说。

没人想去和内莉争论。杰西知道一些星相之类的东西。此刻,金星在西边闪亮,木星同样在她头顶上方的天空闪烁。

杰西认为,这意味着怀亚特是把她和他哥哥一同打发走了。她不相信真有莫贝特尔镇,即便有,也没有能安排她工作的酒吧。可怀亚特和道克已经先于他们一天备鞍骑马离开了。离开前,他跟她借了 50 美元。

"你怎么还我呢,怀亚特,你甚至没有工作,而去亚利桑那还有一百英里路呢。"

怀亚特拿钱上马,没事儿人似的走了。他知道她困惑,却未予理睬。他的意图不只是借 50 美元,而是无法容忍跟她进一步讨论他们去莫贝特尔的事,所以没吭声。

杰西那天哭了一整天。沃伦终于露面了,他们一同乘坐马车穿越无边的草原。

33

道克开始咳嗽,并伴着痰喘,吵得怀亚特无法安睡,又是以如此方式结束一夜,他们俩只得返回长草镇。他们可以从那儿搭乘火车转道去墓碑镇,再用一两周时间一同去亚利桑那。

回长草的途中到处是牛。大踩踏事件让从不喜欢牛的道克恼火,甚至也不能容忍马了。

"如果牛仔把他们的工作做好,这平原就不会有这么多的牛。"他嘟哝道。

"是的,可到那时我们饿了吃什么呢? 我不知道你为什么这样急于赶往亚利桑那。它仅是一个地方,在一天结束时,会和很多地方一样有相同的问题。"

"怀亚特,你不乐观,如果我们能在去的路上玩牌,会让亚利桑那的银行破产的。"道克说完抑制住了一阵咳喘。

"可我不想让臀部被一把该死的沉重的枪拖累。"怀亚特说。

"杰西是合格的酒保,我打赌,在你自立之前,她会支持你的。"道克提醒他道。

"不,那贱妇不会。她说我若图谋她赚的钱的话,就离开我。"怀亚特告诉他。

"你想过死会是什么样子吗?"

"没有,我不瞎想无聊的事。"怀亚特答道。

这时,怀亚特突然有了个主意。

他们原来的遗言酒馆的后面有个相当大的堆积场,是镇上人们扔破烂的地方,那里堆满了瓶子、罐头盒,以及其他可以当作步枪或手枪靶子的东西,是个不错的度过时光的靶场。

"我们练枪吧。"他对道克说。道克立即拔枪转身,却诧异地仅看到空荡荡的长草镇。

"打谁?"

"不,不……不是打牛仔或任何人,只是演练,以便像科迪那样的演员雇用我们去从事和在丹佛时一样的演出。"

道克跟他转到堆积场,看到了他可以射击的三十来个靶子,主要是瓶子和罐头盒。

"愚蠢的事情。"道克说。他却很快被说服,朝着目标射击,而多数没击中。

"科迪确实提及了会有其他类似的角色。"怀亚特坚持道。

道克被说服了,长草镇的确无事可做,此外,闲逛这垃圾堆,看人们扔掉的东西,也不无乐趣。

"这儿怎么会有瓶洗发水?理发师准是被人射杀了!"道克说。

怀亚特找到只马镫:没有马鞍,没有牛仔,没有马,仅有一个马镫。

道克闻了闻洗发水,做了个鬼脸,又把它扔回垃圾堆,对它开了三枪,全没击中。"订购它的人大概被蛇咬了,它很快就过期了。"他说。

怀亚特没答话。道克的话十有八九是废话,可不听也有危险,因为第十句可能很高明。

"三十个瓶子足够了。"怀亚特说着便把三十个瓶子摆在镇子后面的一段矮墙上。

"击中目标的方法是放平你的胳膊,慢慢扣动扳机。"怀亚特说着抬起手臂,慢慢放平,缓缓扣动扳机。没有一个瓶子被击碎。

"我听说用柯尔特手枪射击时采用卧式更可靠。"道克说着跪下,却停住:"这儿到处是牛粪,趴下会弄脏我的马甲的。"

怀亚特开了三枪,没击碎一个瓶子。他愤怒地把手枪扔向那排瓶子,击倒三个,随后掏出里面口袋里的大口径短筒手枪,却惊喜地看到它击碎了两个。

道克继续挣扎着采用卧姿射击,却没击碎瓶子,便想收回手臂扔掉枪,又立刻停住:"扔枪是个坏习惯。扔枪等于被流窜的印第安人瞧不起。"

"不再会有流窜的印第安人了,道克,只不过扔枪也没

70

用。"他说着，再次用大口径短筒手枪射击，击碎了一个瓶子。

"上帝，我总算击中了一个，很幸运没被嘲笑。"

"谁说我嘲笑你了。"道克弹弹马甲说。

34

接下来，道克去拜访理发店。理发店现在兼作铁匠铺。干瘪的理发师红也是一个铁匠。一分钟前他还在钉马掌呢，这会儿却在给人刮胡子。

"有人把一瓶洗发水扔在了对面的垃圾堆上，约剩三分之二呢。我讨厌浪费这样的好产品。"

"哦，是苏格兰产的，一位烦人的风笛手的。"红说。

"如果是难闻的苏格兰产品，我也会扔掉的。我想刮胡子，尝试一下刮胡刀割断喉咙的滋味儿。"

"甭忽悠我了，我割不了谁的喉咙。不管怎么，这镇子没几个客人了。"红说。

当天晚些时候，道克从他最喜欢的当地老妓女埃德娜那儿听到了相同的讲述。埃德娜仍然在兰花酒馆服务，而酒馆在圣萨巴离开后破败了。埃德娜胸部下垂，抽根方头雪茄，容忍了咳喘的道克。她具有敏锐的幽默感，时常发出道克喜欢的少女般咯咯的笑声。他爱她，想向她打听当地著名的标志——把那玩意儿挺出一英尺长来即可免费。他曾经一直琢磨，一英尺长仅为笑话，他以此逗弄她时，她只是腼腆地咯咯地笑。

"我怀疑有那样的人。"他说。

"道克,那是不会有的。可你不是妓女,这也不是闻所未闻的事,偶尔会有让你难以置信的一个牛仔走来。"

"你怎么对待?"

埃德娜耸耸肩:"像对待任何人那样,只不过是免费的。"

道克看着枕头上落的灰尘,打量破败的房间。

"这儿关闭后,你怎么办?"

埃德娜耸耸肩:"回到无人知道我的地方,大概是宾西法尼亚吧。"

道克觉得不大可能,但埃德娜很期待。为什么要粉碎一个人的梦想呢?

35

大踩踏事件两周后,查理·古德奈特第二次回家。每次回家他仅待一天。

"查理宁愿工作而不顾家。叫我说,他心里只有工作。"玛丽说。

"许多男人更愿意顾及工作而忘了家。你丈夫在这方面不算例外。"圣萨巴说。

"确实是这样。我丈夫泽纳斯就这样,会拒绝家里的任何要求。"内莉插言道。

这时她们看见一个骑者从北边慢吞吞地赶来。

"这家伙大概骑头骡子吧?"玛丽问。

"是骑头骡子,事实上我也认识他。是《泰晤士报》的拉塞尔。"圣萨巴说。

"我也想起他来了，是他。想知道他在哪儿找的骡子，又为什么要骑匹骡子。他是世界上最著名的记者。传言某天他将成为女王授封的爵士。"

"这是不可能的，维多利亚女王有那么多事要做，不需要给像你们这样的雇工授封。"拉塞尔接口道。

他下了骡子，玛丽·古德奈特迎上去，直率地同他握手。

"替我丈夫道歉，他去区分牛群了。"

"是的，我昨天遇见了做同样事的皮尔斯先生。我知道，还有我没见到的瓦格纳先生。"拉塞尔说。

"希望明天能见到你丈夫。"

"何必呢？我料定他现在情绪不好，这时的他不值得一见。"

"想让他指给我厄恩勋爵死去的地方，国内让我写一部关于勋爵的书。"

"上帝，你还写书？"

"是的，小事一桩，用不了多久。我能在两周内写出讲述本尼·厄恩勋爵事业的一部书。"

"谁会看？他就是傻子一个，否则不会死去的。"内莉说。

霍华德·拉塞尔哑口无言。天才的美国女士提出了一个很好的问题。谁会为已故的厄恩勋爵做出评价，这个显然非常富有却愚蠢的人。

"在这儿见到你让我很吃惊，圣萨巴女士。我想你要回家吧。"他说。

圣萨巴点点头："不错的问题，可何处是我的家，拉塞尔先生？我生长在土耳其，可我相信在母亲惨遭厄运后，是不会回到那儿去的。"

"我记得一些有关你母亲违反宫廷规矩的事——玫瑰妾。我会见过苏丹哈米德，不记得对他有过什么好感。那你去何处？"

"地狱。"

巨大的红日西沉，明亮的金星在天空闪烁。

"我通常喜欢这时喝点儿白兰地，我马鞍袋里有一瓶。几位女士喝点吗？"

圣萨巴谢绝了。她从不沾白兰地，或者说，实际上不沾度数高于啤酒的任何东西。但玛丽和内莉愿意喝点。她们毕竟是婚嫁之人，可她们的丈夫眼下都在哪儿呢？

"若有乐队，我们可以跳舞。"玛丽说。她去她能找到的任何舞会，却难得让查理·古德奈特踏进舞池。而人群中通常会有不怕与老板妻子跳舞的牛仔。

内莉独自跳起来。草原风叹息着穿过空空的厄恩勋爵的大房子。

拉塞尔发现玛丽·古德奈特很迷人，便对她伸出手臂，她接受了。

"我们可以吟唱，拉塞尔先生。"玛丽说。在内莉·考特莱特独自起舞时，他们吟唱起来。

36

要看厄恩勋爵跌落处的英国人终于骑头骡子露面时，古德奈特早已不耐烦了。区分三群牲畜的事很不顺利，而这是料定的，因为有八千来头牛等着分辨。古德奈特有印记簿，可以提供些帮助,其他两个牧主的印记簿丢失了,加之许多原来打的印记已模糊不清了。

分辨了十来天,却没一个牧主完全满意。

"想必是强逼牧牛人孤注一掷的事吧。"拉塞尔说。

"不,先生,是因我的计划糟糕。我确信,以后我得在自己拥有的该死的平原上开展业务。"

"我想知道经度。"拉塞尔说。

古德奈特吃惊道:"为什么你还在意经度?厄恩勋爵死了,经度还有什么重要的。"

拉塞尔没理睬他的质问,继续说道:"我赞美你优秀的妻子,你不会时常在草原上看到如此生气勃勃的女人的。"

"我听说你跟她跳舞,用什么乐器?"

"口哨、吟唱。吞一两口白兰地足以让我们翩翩起舞。"拉塞尔答道。

古德奈特细看这个男子,试图在脑海里想象那情景。他本该离开一周,却被这不顺利的事拖住。他想,最好回家吧,听上去玛丽疯狂了。

英国人从马鞍袋里抽出一本大画册,开始素描。

古德奈特思索着这家伙为什么要来这儿打扰。这儿只是黯淡的加拿大河湾,而当拉塞尔把画册给古德奈特看时,却让他留下了深刻的印象。

"该死的,你有天赋,先生。你甚至绘出那只高翔的小鹰。"

"我喜欢作个记录,即便是留给自己的。"拉塞尔说。

37

查理回家后,玛丽尽管脾气有点暴躁,却为他煎了牛排。内莉·考特莱特回家去了。

"她与萨海·皮尔斯搭伴。内莉可以与任何人搭伴。"玛丽说。

轮到查理恼怒:"嗯,我不同意这样。"

"你不同意什么? 内莉与萨海同路吗?"

"我瞧不上萨海·皮尔斯。"他说。出于某种原因,他因内莉同一个夸夸其谈、自吹自擂的家伙结伴而恼火。

"查理,除了博斯外,你还瞧得起谁?"

"不,还有你。难道我会娶一个我瞧不起的人吗?"

"这不是我能回答的问题。我时常想知道。你为什么会娶我,甚至为什么我会嫁给你。"

他见桌子对面的圣萨巴在微笑。她很少说什么,但玛丽一直告诉他,她对学校有很大的帮助,还帮助几个牛仔驯服野马。他好像认为,他同玛丽逐渐扩展着一个极不寻常的家庭,可至今这都不是件坏事。

此刻,他的思绪禁不住飞向内莉·考特莱特。她丈夫泽纳斯若活着的话,应该在南太平洋的什么地方。不管泽纳斯已经死去,还是终会归来,内莉都是个难得的清秀女子。

古德奈特认为内莉轻薄、鲁莽,却时常挂念她。有时,对她的挂念大概多于对他的令人钦佩的妻子的关注。他自视为一个有主见的人,却觉得妻子总想督导他,每次准备同她说什么时,她总要先于他做出评论。他纳闷自己为什么要跟妻子交谈,因为在多数情况下,谈话会让他觉得自己是个傻瓜。

随后,在吃圣萨巴用找到的一些桃子做的脆皮馅饼时,玛丽却突然开口大笑。

"啊,我明白了,这大白痴认为他为内莉弄到了糖果,她大概会跟他跑?"

餐桌上有她自己、查理、圣萨巴、弗洛,还有卡多·杰克,他路过这里给玛丽送来一些他发现的化石。

尽管卡多送她的是藏在臭鼬皮里的香物,她也绝不会赶他走。玛丽喜欢这位老人。

"同伴们这儿太缺'老头儿'了,我不能挑剔。"玛丽说。

卡多·杰克却对古德奈特的家庭生活不感兴趣。圣萨巴和弗洛同样。

"你不能当着同伴们说这样的废话。我十分了解内莉·考特莱特,也关注她的幸福,仅此而已。她与萨海·皮尔斯同行是在冒险。"古德奈特说。

玛丽认为他谴责自己的习惯十分可笑:事情若是好笑,为什么不能说出来? 不好笑,又为什么不能保持沉默呢?

卡多·杰克很快就睡着了,玛丽把馅饼递给了一直喜欢吃桃子的查理。他享受了她周到的服务。

猛烈的西风穿过被损毁的厄恩勋爵的大房子,玛丽立即警觉起来。巨大的红色太阳已经西沉,随即消失,世界被黑暗吞没。经历过平原各种天气的古德奈特也从没见过太阳消失得这么快。

卡多·杰克猛醒,看着西边天际惊叫道:"沙尘暴!"

38

沙尘暴袭来,犹如百英尺高的一堵移动的高墙,杰西万分恐惧。他们在一列位于新墨西哥的戴明的西边的火车上,新墨西哥的城镇并不多。晚上的大部分时间里,怀亚特和道克都待在酒吧间,杰西因恐惧便同他们待在一处。一只叫乔的鹦鹉不停地叫着。除工作外,怀亚特不喜欢她一直待在酒吧,可她现在不工作,仅在前往亚利桑那的途中。他答应她可以在那儿得到份酒吧酒保的工作。

怀亚特和道克以及车厢内的几个乘客吃惊地看着这堵逼近的沙暴墙。

"上帝,那是什么呀?!"道克惊吓道,却没特别警觉。怀亚特也没警觉,不过,火车与它相比,确实如小巫见大巫了。

"你怎么看,道克? 难道这沙尘暴不把一列火车放在眼里?"

"但愿不是吧。"道克答道。随即天昏地暗。

"也希望不是吧。"怀亚特说。杰西把脸埋进他黢黑的前胸。沙子开始从车门、车窗渗入。杰西开始觉得牙齿咯咯作响。车厢门不十分严实,从北边刮来的大蒲公英击打在车厢厢壁上,这让道克十分生气。

"杰西吓坏了,抖得像片叶子,可她不是叶子呀。"怀亚特说。

他想到与女人同行是何等沮丧,尤其是与杰西同行。而杰西其时却不只是害怕,而是发狂。

78

"我们烂醉了,我们烂醉了。"怀亚特连说了三四次。一
分钟前,明亮的月亮闪烁。杰西出于某种原因不喜欢烟草
味,哪怕是不错的烟草,所以,只要不冷,怀亚特就在外面抽。
此时,风刮得这么猛烈,他没敢出去,便站在车厢后面吸烟。
如果他们依然在新墨西哥的话,他可能会径直被风吹走,迷
失在这里。

　　他们所在车厢的一个玻璃窗被击碎,沙子仿佛被什么吸
入般直灌入车厢。

　　"嘘,该死的,它不会杀了我们,而是会径直把这车厢吹
翻。"怀亚特说。

　　"如果不那样呢? 如果上帝派它来惩罚我们的罪孽呢?"
杰西说。

　　这番话让道克觉得滑稽,他边拍着腿边笑,招来怀亚特
的怒视,可他没看见。怀亚特的幽默感有时有限。

　　在道克的记忆里,火车从没像这样摇晃过。他们没带
马,如果火车被吹翻,他们只得步行回到约三十英里外的戴
明,那将是一场艰难的搏斗。

　　这时一整扇窗子被吹落,涌进的沙子没及他们的膝盖。
杰西绝望地抽泣着。

　　"如果我知道有该死的沙尘暴的话,绝不会考虑去亚利
桑那。"怀亚特说。

　　杰西开始向圣徒祈祷:"啊,圣迈克尔! 啊,圣乔治!"

　　"在男人们要沉默时,没完没了叨咕的女人就是在自找
麻烦。"怀亚特说。

　　这话多少惹恼了杰西。她伸手从她的包里拿出把小刀,
径直对准怀亚特。怀亚特不愿意看杰西的眼睛,设法亮起一

盏灯。

"你想怎样,怀亚特? 割断我的喉咙?"她问。

"我只想摆脱你。把刀拿开。"怀亚特说。如果刀给他留下印象的话,他并没表现出来。

"你也许不为工作来这儿,我却是。你不该带我来这个可怕的地方。"她说。

"你不知道,这火车可能径直去天堂吧。"他说。

杰西坚持不退让,目光直逼怀亚特。

"逼我射杀你之前,收回你那该死的刀吧。"怀亚特说。他没有对她开枪。过了一会儿他去了车后面,点了支方头雪茄。

39

"这些孩子仅喜欢吃内脏。"夸纳说。他紧挨古德奈特坐着,看他们下方继续屠宰的场景。早在巨大的沙尘暴到来前,古德奈特的牧群已到达帕洛杜罗边缘地区,十八头牲口已经结束了它们的厄运。它们至少都断了一条腿,古德奈特便射杀了它们。印第安人的孩子们像吃糖果般吃着被挖出来的内脏。偶尔会跑来只狗,勇敢地夺走一块。几个科曼契老太太在切杂碎,其他人在杆子上晾肉干。

"不只是英国人会从悬崖上跌落。我们离你们的居留区约一百英里。你们怎么这么快就得到了这消息?"古德奈特问。

"鸟儿告诉了我们,还有狼。主要是狼。"夸纳说。

果然有两只大灰狼在看他们宰杀牲口。

"它们希望得到些骨头。"夸纳解释道。

"我先前看到过它们。大沙尘暴袭来时,你们是怎么躲过的?"

"除一个女人外全钻入一个大地窖——是因为尘土的不寻常的飞扬。早晨,我们发现她在一条沟里,全身被沙子覆盖。"

"这大厦里确实有个大地窖。不过我打算明天开始挖一个。"古德奈特说完跨上马鞍。

"谢谢你的牛肉。"夸纳说。

"一只死牛对我无用。一个教训是,我应该在平坦的草原上放牧,以免受其害。"

"很高兴你我没有开打。我可以击败大多数白人,但你更利落。"

"我听说你曾经有可能揭去麦肯奇的头皮来着。"古德奈特问。

"是的,是在布兰科峡谷,在他学会如何对抗我们之前。但他学会如何抗击我们后,却把我们打得很惨。"夸纳说。

"你为什么饶恕了他,夸纳?"

夸纳耸耸肩:"没理由。我有时做事就这样。然而,后来,他击败了我们,甚至击败了首领钝刀。"

古德奈特边看这些印第安孩子吃内脏边说:"你进大厦却没一直待在里面,我仍然想知道你们是如何准确地找到这十八头牛的。"

"听说的。卡多·杰克知道这事嘛。"

"说是麦肯齐气疯了。"

"自然，我们打击他太狠。"夸纳说。

"我很少在一周内说了这么多话。"古德奈特说完骑马走了。

40

等古德奈特离开视线后，做干肉的一个老太太开始烦扰夸纳。老太太叫乌鸦嘴，因为像只乌鸦般叽叽喳喳。多数斗士烦她喋喋不休，夸纳迁就她，并没有打断她的唠叨。夸纳的容忍主要因为老太太是他母亲辛西亚·安的一个朋友，他渴望探明母亲的信息，即便她已经死去。

乌鸦嘴知道他渴望知道这事，给他讲了许多轶事，包括一些不真实的。

"白人送还你母亲时，古德奈特也在场。"乌鸦嘴说。

"是的……我每次见到你，你都这么说。"

"你该杀了他。"她说。

"我们现在吃的牛肉是谁的，"他说，"这不是谁的牛肉。"有时他是自问自答。

"有好多有关旧时的故事……过往人们的故事。我自己是个被人遗忘的老太太……我从不十分确定你父亲佩塔发生了什么。"

"在麦肯齐击败我们时，他在帕洛杜罗战斗中受伤。"夸纳说。他纳闷自己为什么要听讨厌的老乌鸦嘴的叨咕，也许是喜欢回忆科曼契人的峥嵘岁月吧。那时，那些人是这平原的主人，可以随心所欲地去他们想去的任何地方，随心所欲

82

地杀任何人,施酷刑,揭头皮。

"那场战斗我没在场。"乌鸦嘴说。

"那次战斗中没女人在场。"他目光锐利地提醒她。

"佩塔善待了你的母亲。"她认为得转换个话题。

父亲佩塔被麦肯齐的士兵击伤的伤口溃烂,在被拖走时,夸纳同他在一起。事情发生时,他们在加拿大河采摘野李子。父亲死时,八位斗士唱了亡歌。

父亲佩塔曾经是头领,父亲死后夸纳成了头领,这虽然不遂所有科曼契人的愿,却无人能挑战他,甚至宗教首领伊萨泰也没能做到。伊萨泰两次率人试图从老贸易点土墙镇驱赶野牛猎人都未成功。之前,白人曾经由伟大的基特·卡森领导袭击了他们一次,但由于那时族人势力强大,卡森仅侥幸逃脱。

但在第二次战斗时,伊萨泰向他们保证,他的咒语无与伦比,事实却证明,他的咒语并非无与伦比。50毫米大口径的斯宾塞步枪可以在一英里内进行射杀,这才是不可战胜的。伊萨泰失利后,试图将失利归咎于一只臭鼬,而斗士们全都知道是因为斯宾塞步枪。

乌鸦嘴想说什么,却被夸纳阻断:"我不想毁了这些牛肉,赶紧做你的事去吧。"

41

怀亚特、道克和杰西沿新墨西哥的洛兹堡进入了亚利桑那。沙尘暴毁了查理·古德奈特的十八头牛,也阻塞了南太平洋铁路线上的几列列车。

载他们西去的列车终于启动。他们车厢里有个带着三个吵闹顽童的胖女人,和一个不会说英语的法国人。

车咯咯作响地跳着。道克牙痛。杰西不安。怀亚特觉得无聊。

"我没指望仙人掌。"杰西说。

"哦,你指望与否,我都得到了一些。"怀亚特答道。他竭力回忆杰西友好时的话语,却想不出一句来。

"我不希望拔自己的牙,这将是怎样的悲剧啊!"道克说。

这时,胖女人尖叫起来:"一个印第安人。"她的三个吵嚷的顽童跟着嚷叫。

怀亚特瞥了眼窗外,果然见一个矮个子棕肤色印第安人,拎支温切斯特步枪,站在一株比他高的丝兰下。

"她是对的。外面那株丝兰那儿有个印第安家伙。"怀亚特告知同伴们。

"我不认为一个赤裸的野蛮人能应付得了牙医的事!"道克说。强烈的冲动让他想把三个闹嚷的孩子扔出窗外,却强行克制住。

"如果沃吉尔与沃伦的酒馆开张的话,我喜欢来几口威士忌。"怀亚特说。

"我的主要乐趣是你答应的酒吧酒保。"杰西提醒他。

"若有酒吧,你可以做酒保。如果需要,我做保镖。除非在接下来的几英里路上保住我们的头皮。"怀亚特答道。

"什么?我得到的可靠消息说,野蛮的印第安人全跑到墨西哥去了。"道克说。

"你的消息不像你想的那么可靠。刚才看到的那个就没跑去墨西哥呀。就我所知,他就是阿帕契族首领杰罗尼莫。他还带着支昂贵的温切斯特来复枪呢!"

他们前面是一丛丛的棚屋,这也似乎遍布亚利桑那的所有城镇。杰西开始觉得离开堪萨斯城是个错误。

"这儿大概是墓碑镇吧。"怀亚特说。

它却不是,而是州界小镇道格拉斯。但任何可以伸展腿脚的机会都是受欢迎的。三个小鬼脚一落地,拔腿就跑,母亲连忙祈祷天使。两个机车司机却扭打起来。

"让他们扭打吧,扭打往往会让头脑清晰。"道克说。

"抓住我的儿子们呀!抓住我的儿子们呀!"胖女人绝望地叫喊道。

"我们的怀亚特呢?我以为这儿会有好多建筑呀。"杰西说。

"我不知道什么建筑的事。你知道,沃吉尔喝醉时常常会夸大其词。"怀亚特说。

"这是常有的事嘛。"道克随声附和道。

"管好你自己的事吧。"怀亚特尖刻地说。他不愿意听任何人批评哥哥们,他自己除外。

道克没理睬他的威胁,朝两个交手的巴特菲尔德男子走过去,希望会有一两颗牙被打松。可当他走过去时,两人都吐出了牙齿。

"我是职业牙艺师,哪位绅士需要照料?"道克问。

"我们开往墓碑镇,可某个白痴忘了合主闸,让我们停在道格拉斯这儿。"

杰西忘却了一时的感觉,仅有的感触是空气中细微的尘埃和站在丝兰下的印第安人。道克经常对她解释,因她的头皮好才长出这样光泽的秀发。如果有印第安人,他们……

怀亚特找到一只空桶,坐在上面查看从芝加哥买的一张袖珍地图。

"墓碑镇离这儿不怎么远嘛。"他说。

"有足够的柴火是不远,但沙尘暴夺走了我们的木柴场。我们没有燃料了!"机车司机说。

"备在手头的扑克牌骰子有用场了。我碰巧有一副呢。"道克说。

街上突然扬起一阵高旋的尘暴。杰西想跑,可不知往哪儿跑。小个子法国人刚走出车厢,赶紧又上了车,帽子却被风刮走,飞入高空。幸运的是,尘暴迅速消失了。

"那家伙选错了下车的时机。"道克说。

大家都同意。

杰西回到车上哭泣。

42

"米格尔是我见过的最出色的套牛人。"古德奈特对圣萨巴说。他们在看六个牛仔组成一组阉割早该在数月前阉割的一岁幼牛。古德奈特夸赞的牧人既不年轻,也不高大,而抛套索的绝技却让她赞叹。

"是的,他套得相当准。"圣萨巴说。她跟古德奈特一起学了些拉紧套索的技能,却远不及米格尔。

很少褒奖别人的古德奈特对米格尔赞不绝口。

"他不仅套牛技能超群,也是我知道的一流的牧牛人。我自己是个专业牧人，可米格尔驱赶三千头牛，让它们沿途吃草，却没丢失一头。在堪萨斯这儿，它们多数比原来在得克萨斯时壮实多了。我没这般耐心，我试过，但那是自找麻烦。"

"你的尝试！古德奈特先生，可我不知道是什么让你面对我时依然紧张不安。"

"我也不知道。我想你没给我机会吧。我仅了解牛，别的就了解得不多。"

"你妻子呢……你该更多地去了解她！"

"玛丽天生充满魄力，我用一生都理解不了她，更不用说变成她那样。"

牛群中，米格尔完成了难度极大的一套。幼牛被放倒后，牛仔们便围上去。

米格尔对圣萨巴眨了一下眼睛，圣萨巴回眸相视。这刚好让古德奈特看到了，却装作没看见，也没在意。

"我承认我喜欢米格尔，古德奈特先生。他套牛技艺极佳，还送我他捕捉到的东西，有草原鸡啦，有时还是一只鹌鹑呢。我、玛丽与弗洛时常用他捕获的猎物做午餐。"

"若有人给我一只草原鸡，我会吃的。"古德奈特说。

"玛丽大概要你去吃午饭吧。之后你去赶另一群牛，我们女士就只能吃我们的牛排啦。"

"米格尔有一个妻子和十三个孩子，这你该知道吧，古德奈特先生？"她问。

"我不知道。我需要他时就去圣安东尼奥找他。迄今为止，他总是能来，"古德奈特说，"十三个可是一批呀。也许他愿意离开他们。换作我，就会这样。"

"也许是吧。可他主要为我而来。我们有点小浪漫，微妙的、不会影响任何人的浪漫。一如今天这样,只是一个微笑,不时的一个微笑,对我而言,这就是浪漫!"

古德奈特在脑中搜寻答案,却没找到,便敬了个礼,客气地走开了。

在晚饭或女士们称作的晚餐时间,这事一直盘桓在他脑中。在玛丽准备睡觉时,他说给她听。她把手中的睡袍搂在前面,看着他。

"是圣萨巴告诉你的呢,还是你终于注意到了?"

"注意什么,我仅仅赞美他的套牛技能。"他说。他认为不用多想,一和女人交往,事情就会有偏差。

"我仅说他是怎样的牧牛好手。"

"你错过了要点,查理。"

"我一头雾水,确信你会告诉我,我可以等待。"

"米格尔爱上圣萨巴了,这是秃子头上的虱子——明摆着的事嘛。"玛丽吹灭灯,放下睡袍。

"上帝,他远在灌木丛林地区,只是在我一年两次雇他赶牲口时才赶来。他想给圣萨巴网罗草原鸡,对我也是好事呀。"

"米格尔怎么跟他妻子相处另说,但圣萨巴有好长的路要走。我听说米格尔有一群孩子。"

"他们自然是纯洁的。"她说。而当古德奈特抚摸她的手时,她把他的手拉到自己身上,她此刻显然没有纯真的感觉。

"这不是全部信息,圣萨巴打算离开我们。她打算去法国巴黎。"玛丽说。

古德奈特立刻坐起来:"法国巴黎?她为什么要这样做,在让我的马足以乖顺地骑乘时离开?"

"她不喜欢平原这儿。我不怪她。这儿太忧郁。一个法国伯爵邀请她。他是法国除罗斯柴尔德家族外最富有的一个人，想你听说过他们吧。"

"我没听说过。也许是个银行大佬吧。"

"也许我们有一天能去法国。"

"玛丽，我们手头仅能勉强应付。"

随后他注意到玛丽的脸是湿的，知道她在哭。

没等他动，她打了他一枕头。

"闭嘴，查理！你说的每句话都让人丧气。"

古德奈特闭上了嘴。

43

古德奈特陪圣萨巴与弗洛回到长草镇，并给她们送行，他亲自赶车。三个女人十分悲伤。

"我最不喜欢美国，是因为它缺乏树木。"圣萨巴说。

"哦，美国有树木，仅这儿没有。我知道你思念它们，光秃秃的平原确实凄凉啊。"玛丽说。

"很抱歉女士们不喜欢这平原。我是头牛，需要牧草繁盛的地方。"

他们要求米格尔同他们一起去，但他只是敬了个礼转身走了。他能说什么呢。

圣萨巴出发旅行的消息传遍乡间。依旧算是个寡妇的内莉·考特莱特兴冲冲地跑来南部草原，希望得到她的一个故事。

圣萨巴开始喜欢内莉，这次应允了她："不过你依旧不能称呼我夫人。"

"那我怎么称呼你呢？"

"称呼我为一个陪伴吧。一个陪伴富裕且有头衔的男人的人。眼下，我是厄兰德伯爵的陪伴。他将供养我。"

"怎样拼写他的名字？他做什么？"内莉问。

圣萨巴大笑："供养我的人什么也不做，想必他曾经让蒙特卡洛的一家银行破产，也相信他喜欢赛马。"

古德奈特为如释重负而高兴，可给三个女人驾车却不是件轻松的事。他们抵达长草镇，小镇看上去很不兴旺，仅有一个酒吧开业，马房似乎奄奄一息。幸运的是，博斯同他们在一起照料整个团队。

"我上次骑马到小镇时，到处是厄普弟兄。我不喜欢他们，也不喜欢随同他们一起骑乘的那个牙医。"

"确实，道克·霍勒迪尽管是个不错的枪手，却时常无理。"内莉说。

"你怎么知道他是不错的枪手？"

"因为我现在为对枪手感兴趣的报纸工作。不过，由于哈利·塔南私下出售比尔·科迪的表演权，我就不为丹佛的报纸服务了。我爱比尔·科迪，永远不会原谅哈利·塔南。"

"为你的忠诚高兴。不过我没在这儿看到一个厄普兄弟呀。"博斯说。

"不，你大概会在亚利桑那找到他们。他们接管了那个州的墓碑镇。沃吉尔·厄普任警长，沃伦·厄普经营一个大酒馆。我不知道怀亚特·厄普做什么，你可以亲自去问他。"内莉说。

"我听说过墓碑镇。那儿有以偷墨西哥的牛为生的克兰顿老恶棍。一次他想卖我一些，被我以墨西哥牛时常有牛瘟为由拒绝了。"古德奈特说。

"这我听说了。"内莉说。

"厄普兄弟最好该留神些,老克兰顿是小偷与杀人犯。他早该被吊死,但迄今没人能做这事。我知道厄普兄弟有好几个人,但他们多半不会开枪,而克兰顿有一支武装,他们中的一些人可以开枪。"古德奈特说。

"嗯,我不是位母亲,但等我回家后会给沃伦留言或写信,警告他们有关老克兰顿的事的。如果他们允许,我甚至应该撰写他们的故事。我想你自己有更多的故事,但不知何故,我感觉不会被邀请撰写。"内莉说。

"你说的对,我不会那么做的。有赶牛人的故事吗?"古德奈特说。

"别在他身上浪费你的时间。他甚至有一半时间不告诉我早餐吃什么。"玛丽说。

在古德奈特吵嚷着时,弗洛和圣萨巴穿过先前长满兰花的地方。古德奈特雇了年轻牛仔蓝泰迪。据说蓝泰迪了解蒙大拿,古德奈特一直盯着那儿,如果他有了经营土地的手段,想去那儿开拓。

圣萨巴穿过她曾经身为主人的房子:"本尼·厄恩可以打发我去好多地方,想知道他为什么要把我打发到这儿。他似乎要我看管一个牧场。生活充满了令人吃惊的事,不是吗,弗洛?"

弗洛没吭声。她最大的希望是永远不离开圣萨巴,她知道没有圣萨巴,自己无法生存,但她从没吐露过这个希望。

早晨他们刚登上火车,一场冰雹狂烈地席卷了平原。仅仅三分钟,整个草原已成白茫茫一片。弗洛和圣萨巴安全地坐在坚固的车厢里,古德奈特和内莉躲在马厩里。

冰雹掠过长草镇,在五英里外慢慢停息,明亮的阳光重又闪耀。

"我打赌你会喜欢欧阿洛司的,亲爱的,我打赌你会的。"圣萨巴对弗洛说。

他们听到叫喊声,见蓝泰迪在挥着帽子追火车。

"他不错,我们给他一个飞吻吧。"圣萨巴说,弗洛对他挥手飞吻,牛仔慢慢地落在火车后面。

44

冰雹导致的延误惹恼了古德奈特,他讨厌任何延误。近来,他似乎主要是为女人做不大适合自己的一些琐事,例如,玛丽想要个葡萄架,还希望有一个合适的厕所——厄恩勋爵没来得及在他的豪宅里安装适当的管道。

仿佛不是这事,就是那事。每隔几英里,她就泪如雨下,思念她的朋友们。他想问她怎么了,可即便简单的问题,她也会潸然泪下。

"查理,这个世界上有你思念的人吗?"

"你就是吧,要不就是在套牛时想念米格尔。"

"不错,你讲求实际。"

"如果我不讲求实际,我们能在哪儿生活?"他问。

"我不知道你能在哪儿,先生。大概在看牛屁股吧。"

"也许吧。"他说,不想让她继续问"我们去哪儿"的问题——足以让人困扰的大问题。

墓 碑 镇

1

道克的身体极差，多数时日里仅是坐着沐浴阳光。亚利桑那南部通常阳光灿烂。他一直咳喘，服用一些他从牙科手术中节省下来的吗啡，但存下的吗啡很少。这是遗言酒馆里正在上演的一幕。酒馆依旧由沃伦·厄普经办，杰西依旧做酒保。

怀亚特不愿意在爱妻工作的酒吧喝酒，尽管杰西的生意兴隆，他却不常照面。

"我的工作需要由赌徒、妓女与大量的酒鬼来振作。"一次杰西对道克说。她喜欢她的工作，压根儿没在意丈夫怀亚特光顾街里酒吧的事。

怀亚特闲荡回遗言酒馆时，主要是同道克坐在一起，不着边际地想着一些不用真正工作就能赚钱的方法。

"我有好多可以出力的弟兄，沃吉尔和摩根组建了镇里的所谓的警力，可我认为没有要武装自己的理由。当然，果真有醉鬼添乱，我会去声援的。"怀亚特说。

道克却认为，怀亚特对突发枪战的前景掉以轻心。

"小镇有足够的武器，能装备一支联邦军队。你树敌那么多，却手无寸铁到处走动。"

"哦，我想你说的是克兰顿吧。我想，如果需要，我可以处理克兰顿和他那些不三不四的手下。"

"单凭赤手空拳？"

"不，当然不是。威尔斯·法戈始终备有我可以随时借用的枪械。"

"听说鬼才约翰尼现在为老克兰顿效劳,还有麦克劳利弟兄与克里·鲍勃·布罗西斯以及约翰尼·林戈等。"

"呸!这伙人多数在百英里外。我可以在他们抵达前抢先结果他们。"

"也许是呢,可我还是认为,有一支手枪是合理的预防措施。"

怀亚特觉得话题无聊,便进到酒馆里,想跟杰西说句话。他看见杰西正与他们刚才提到的最后那位——约翰尼·林戈——谈得火热。

两个男人从没见过面。

"你好,我是怀亚特。"

"你好,我是约翰尼。"约翰尼说着与他握手。约翰尼戴顶昂贵的帽子,蓄着胡子。

"你要做什么,怀亚特?我在与约翰尼说话呢!"杰西不悦道。

"你要这么说,我就没话了!"怀亚特说完甩手走开。

"你为什么不告诉我该死的歹徒在讨好我妻子?"怀亚特气冲冲地对道克发问。

"啊,他在求爱?你知道,他喜好读书,会引用莎士比亚的诗句,也许还有各种各样的诗句。"道克咳喘道。

怀亚特确实知道约翰尼·林戈喜好文学,却没因此改变对他的看法。

"他不会对我大放厥词的。他若不小心的话,我会把他扔到这门廊外。"怀亚特皱着眉头说。

2

杰西踏入他们的房间,怀亚特立即从椅子起身,一拳打在她脸上。她被击倒在床上,嘴唇破裂,血淋在她的新衬衫上,头嗡嗡作响。怀亚特以前从未这么攥紧拳头打她。

她料到他会这样。可是,她是酒保,约翰尼也许是个不错的顾客,并且让一个花花公子代他付了酒钱——不像怀亚特很少付自己的酒钱。约翰尼还让这位花花公子为他与伟大的怀亚特·厄普拍了张合影。

杰西包里有支短筒大口径手枪,可没等她端平就被怀亚特打掉,狠扇她一记耳光。

"这是你第二次打我,你这胆小的狗娘养的。你再动手,我就走!"杰西说。

她看到怀亚特浑身颤抖,随即哭起来。他就这样。

"唉,杰西,你为什么要惹我生气?我没想打你,只是一时冲动。"

他走到床边想拥抱她,她滚到另一边。

"别碰我,找妓女去。"

"我这就走,你别跟约翰尼·林戈说话!"

"他只是个顾客,我仅对他演示怎样制作鸡尾酒。我是为你哥哥沃伦工作,忘了?他不让我闷在吧台后面。"

"没人在乎那个傻瓜的要求。"怀亚特说完走了。

好一阵子杰西才止住嘴唇的血,脸却肿起来。第二天会发青的。"也许我得对人们说我是从马车上摔下来的。"她想。

3

沃伦·厄普一直谨慎地维修遗言酒馆,这酒馆对他来说好似一场赌博。墓碑镇不常下雨,一下就是倾盆大雨,为此,他和弟弟沃吉尔爬上屋顶修补漏洞。他们看到了来自南边索诺拉或克兰顿方向的大股尘云,这说明老克兰顿带着大群皮包骨的墨西哥牛来了。

"他赶着牛群来了。"屋顶上的人惊慌地喊叫着从房顶下来。

怀亚特和道克正在酒馆门廊里吃早饭。看来鸡蛋要被墨西哥的尘土糟践了。

事实上,墓碑镇的所有居民都在关门闭户,取下一行行晾晒的衣服,迅速把马赶入圈棚,如通常那样,期待着迎遇上千头牛通过小镇时扬起的塔状尘土。

"这老混蛋为什么在我享受鸡蛋时赶来。"道克咕哝道。

"那老傻瓜……依旧用那头大公牛作头牛吧?"怀亚特问。

"老蒙特……我想是这样吧。"道克说。

他们说的是老克兰顿在某地弄到的一头大红公牛,它能让惊慌的墨西哥牛群平静下来。

"上帝,它径直朝这儿走来了。"道克补充道。

"我们看吧。"怀亚特说着小心翼翼地把自己的早餐放在门廊里,迅速走入酒馆取来个套索,腰带上插了把点44口径的手枪。

"啊哈,厄普先生装备了。需要我在这明亮的早晨去借把火器吗?"道克问。

"不麻烦你了。"怀亚特说。

他出去站在街当中等着。六个赶牛的牧人看见怀亚特挡在路上并没作声,他们焦急地环顾四周,等克兰顿前来处理。

南边约一英里,几个牛仔——至少是几个骑者——随在牧群顺风的一侧小跑,显然是在躲避浓密的尘土。他们没注意到怀亚特,似乎也没想到会有麻烦。

"怀亚特,你搞什么名堂?你没理由去挑逗克兰顿和他的该死的枪呀。"道克说。

"你不能总是这么胆小。"怀亚特说。他的目光落在大红牛身上,只见它平静地朝他走来。

墓碑镇的居民们站在一旁看着,从任何角度看他们都是安全的。

"哇,'蒙特'。"怀亚特说着对着大红阉牛鼻子抛了个小套索。蒙特停住了,克兰顿的牧群与所有牧人全停住了。

怀亚特伸手抚摸"蒙特"的鼻子:"我想我们有个僵局了。"

"先是僵局,之后就是棺材了。我怀疑克兰顿是否会仁慈地对待你的僵局。"道克说。

怀亚特只是微笑着往门廊处后退。"蒙特"立着没动。它环顾四周,疑惑地站在那里,平静地反刍。

"'蒙特'将是一只好宠物,尽管饲养昂贵。"怀亚特察看道。

道克看南边的骑者,见其中一位走出牧群,带头朝墓碑镇策马大步跑来,其他人站在原地。

杰西想看发生的事,迈出酒吧后却立即被警惕的怀亚特挡回去。他们俩最近相处得好了些,杰西便不想惹他。

道克觉得越来越紧张。

"我不想这样。"他反复说。

"这是我玩,道克……你若不想这样可以离开,袖手旁观。"

"见鬼,不……我不想错过接下来发生的事。"道克说。

道克说着拔出手枪,确保子弹上膛。

4

"我想立马把你吊死在这儿,厄普。"老克兰顿说,随之吐了一口唾沫。

"我猜你喜欢这样,可怀疑你是否有这能力。我倒想找个好浴盆给你擦洗擦洗。你是我今年见过的最肮脏的人。"

老家伙确实肮脏至极,不仅大量吸鼻烟,似乎也把吃的大部分东西吐了自己一身。

"你这肮脏的恶棍为什么要拦挡我的公牛?"老克兰顿质问。

"这不全怪'蒙特',事实上我喜欢它。如果你厌烦为它支出的话,我们乐意收留它作宠物。我们不能容忍的是,你的该死的牛群践踏墓碑镇。这大街上尘土飞扬,鸡犬遭惊吓。现今牛群穿越墓碑镇是非法的!"

怀亚特最后的声明让道克吃惊,他来到这儿后一直看见频繁过往踏起尘土的牛群。也许怀亚特只会浑水摸鱼,可这会激惹老克兰顿的。但是如果这是他的目的,他成功了。

"你他妈的说这些有什么用,我能赶我的牛群去任何想去的地方!"

"不,你不再能这样做了!"怀亚特警告他。

"谁想阻拦我?"克兰顿质问。

"嗨,是我和我的兄长们。大概还有这儿的道克。"怀亚特指着屋顶说。他的三个兄长都握着备好的来复枪坐在那儿。南边的骑手们似乎没想赶过来。

"我可以把你们打入地狱,你这狗娘养的。我可以回去集合四十个骑手赶牛去我想去的任何地方,其中之一就是这墓碑镇。"

"试试吧,我们倒想看到你先死去。"怀亚特说。

肮脏的老家伙好像确实没有带枪,而怀亚特和道克紧盯他的一举一动。老克兰顿果然在翻找马鞍袋后掏出把大手枪。

怀亚特端平他的手枪,平静道:"小心你的猪腿!"

"这轮不到你,厄普,可你也不会太久了。"老克兰顿说着骑马走到平静地反刍的"蒙特"身旁,对着它的额头一英寸处连开三枪。红牛"蒙特"有如大船沉没般倒在地上,死了。

"啊,怎么,杀自己最好的牲口?"道克震惊道。

"它只能为我工作,而不能为你们。"克兰顿说。

"怀疑蒙特是否这样想。"怀亚特说。

老克兰顿对他的牛仔们吹口哨。他们开始移动,没有"蒙特"或任何可怕的牧牛者安抚的牛群也开始移动,却不是穿越墓碑镇大街,而是拥挤着、狂野地向四处跑散。天破晓时，多数牛仔放弃了围拢它们，其实他们也从没认真围拢它们。许多牛向东进入新墨西哥。此后多年，埃尼玛斯地区随处是无人认领的失落的牛群。一个广受欢迎的廉价小说家写了部廉价小说《埃尼玛斯的幽灵兽群》，卖出百万本。四十年后，游客们依然认为他们在黎明时分看到幽灵般的牛奔跑着穿越鼠尾草丛。人们也时常提及怀亚特和道克，而他们两人当时谁也没开一枪。

5

听到父亲讲述的墓碑镇事件后，艾克·克兰顿气愤地把帽子扔到地上，厌恶地踩踏。父亲和他的卷发弟弟比利·克兰顿——受大众喜爱的年轻人——看着。比利是克兰顿家唯一让人喜欢的人，艾克却因被大家厌恶的脾气，家里家外不受人欢迎。

"'蒙特'是我一生的宠物呀！"艾克说。

"弄头新宠物吧，牛群得由该死的公牛引领。"

麦克劳利兄弟——弗兰克与汤姆——幸灾乐祸地看艾克爆发。他们以前看到过艾克冒火。更糟糕的是，卷毛鲍勃·布罗西斯也在场。约翰尼·林戈就在附近，他愿意自己宿营。

"你毁了顶好帽子。去绑马腿吧。"老克兰顿告诉艾克。

"比利可以去嘛。"艾克抗议道。他想要进一步抗议时，却被父亲的眼神吓住，那眼神表明父亲会抬手射杀看到的一切。

"也许我该去把厄普弟兄都杀了,他们就是这地方的祸害。我们本该在四天内去埃尼玛斯的火车站交付那群牛,拜厄普弟兄所赐,现在仅剩下一半牛了。"

"好吧,我这就去杀怀亚特,不过抬抬手的事嘛。"艾克说。

父亲轻蔑地看着他:"抱歉打扰你这样愚蠢的大人物。"

就在这时,一声步枪枪声,老克兰顿向前栽入篝火中。卷毛鲍勃和一个牧牛人把他拉出来,但来复枪继续射击。马群嘶鸣,艾克没能绑好马腿,因此大部分的马都跑走了。卷毛鲍勃就近滚到流动炊事车下;麦克劳利兄弟藏在丝兰后面;对暴力并不陌生的比利端枪疯狂地射击,却没人射杀他。

枪声停止后,老克兰顿、两个牧人和牛仔比尔四人死去。

无人试图追查,无人被指控。

6

古德奈特是从新墨西哥的拉斯克鲁塞斯寄来的信中得知老克兰顿死去的消息。他在那儿交付了好大一群牲口。通常在赶牲口途中,他与牛仔们睡在一处,卖出大批牲畜通常意味着要与银行家打交道,他便在格兰德河西边的一个旅馆过夜。

"是内莉·考特莱特写的。"他自言自语。信封上是她的笔迹,里面装着从阿尔伯克基的报纸上裁下的一段文章:

亚利桑那著名的牧场主、拥有庞大资产的诺曼·海恩斯·克兰顿,昨天在边境附近被袭击者或未知姓名的

103

人射杀。人们认为凶手逃往墨西哥,克兰顿丢下一大群牛,其中大部分已逃散……

信内附有一封内莉的短信,告诉古德奈特带着玛丽去看她。他把信交给博斯,博斯新近在玛丽的学校学会了认字,阅读能力几乎不比他的老板差。

"一个老吝啬鬼。"博斯说。

"是的,本来想着亲手杀死他是我的幸运。"

他们在等银行开门,古德奈特开始不耐烦起来。

"在你开始一天工作之时,还得被一些该死的事缠身。"在银行家终于来到时他恼怒道。博斯时常去各个银行办事,知道银行家不守时间是司空见惯的事,而他的老板却不知此情。可以说,不愿意浪费时间是古德奈特的一个特征。

7

"我知道那老家伙是怀亚特杀的,你不这样认为吗?"道克对杰西说。由于分享墓碑镇的普遍繁荣,杰西赚了好多钱。同样,她和道克都对怀亚特杀老克兰顿的动机好奇,并且她比道克更了解怀亚特,她不能肯定老克兰顿是被怀亚特自己或他雇用的人杀的。

离家四天后怀亚特回到酒馆。她问他去了哪里,他只是皱着眉头看她,没吭声。接下来的几天,他没待在遗言酒馆,而是去了一家竞争对手的酒馆。大约一周后,他才得到妻子一个难得的吻。有时杰西甚至不知道她为什么要做这样的尝试。

道克难得见到怀亚特,便感慨道:"怀亚特,你不会隐身的。"

"我是狡猾,却从没声称会隐身术。"怀亚特答道。他知道,道克和亚利桑那的多数人依旧困惑于杀老克兰顿人的神秘人——怀亚特自己没必要说的秘密。盛传的推测是厄普弟兄与克兰顿家有积怨。虽说克兰顿家或厄普兄弟没有真正的暴力行为,除非把艾克·克兰顿踩帽子的事算上,科奇斯县的大多数居民还是都备好了枪火。

"如果是你去新墨西哥杀了那老混蛋,是会有人看到的。"道克说。

"我只在乎这是不是你从报纸上看到的观点。"怀亚特说。

"我很少读报,报上没有什么值得我放弃睡眠。而我确实为'蒙特'遗憾。我喜欢这头该死的公牛。你告诉我这四天去了哪里也不会伤害你什么嘛。"

"我得说,仅仅四天而已,并没多久,我甚至可以随便待在街上的什么地方一直喝黑麦威士忌嘛。"

"你这可恶的家伙。除年轻的比利外,克兰顿家没人受欢迎。"道克承认。

至少地方法律掌握在温和的沃吉尔和摩根两兄弟手中。他们不是软弱的人,却也不像怀亚特那么强硬。

与此同时,多数时日中道克都在吐血。

8

　　诺曼·海恩斯·克兰顿暴死后,该盗牛群体立刻重组。克兰顿家决意把持他们的边境部分,因为那儿是他们的墨西哥牛群最简便的通道。麦克劳利兄弟至少有一段时间仍然被搁置在克兰顿家那儿。两伙人都试图让约翰尼·林戈同他们一道骑乘,却遭他拒绝。除纸牌外,约翰尼·林戈的主要兴趣是年轻妓女莎莉。莎莉就住在遗言酒馆后面的小屋里。

　　据说牛顿·厄普也爱莎莉,但很少有人知道牛顿·厄普的事,他大概是厄普家最胆怯的一位。

　　怀亚特认为当地的"甲板小丑"是瘦长的自称"鬼才约翰尼"的枪手。据说此人在西部或任何地方都称得上是扔石头高手。

　　"他们说他能用块石头击中空中的鹌鹑。可我怀疑。"道克说。

　　一直阴郁的怀亚特突然想与这位扔石头高手较量,便径直走入酒馆,对这位扔石头者作了自我介绍。

　　"你不必称呼我的全名,我曾经为医学作秀,他们让了我粘上了这么长的名字。"

　　"那我该叫你名字的哪部分呢?"怀亚特问。

　　"就叫我鬼才吧。我鄙视那个冗长的名字。"

　　当被问到是否能用石头打落空中的鹌鹑时,鬼才感到诧异,每个人都对此感兴趣。

106

"我是苏格兰人,在那里这仅为一般技艺。"他解释道。

"先生,这儿可不是苏格兰呀。"怀亚特说,并且下了注。幸运的是,墓碑镇郊野有的是鹌鹑,墨西哥厨师还在遗言酒馆里为厌倦牛排的顾客存了一窝棚。

让称呼自己为鬼才的陌生人用敲掉怀亚特摆在墙上的几只瓶子热身,这遭怀亚特公然鄙视。

道克更愿意称呼他"鬼才约翰尼",鬼才约翰尼要求道克逐个放飞了那些被称为"鲍勃白人"的鹌鹑。这些美丽的吉姆布里斯鹌鹑首选了茂密的灌木丛。

让怀亚特、道克与当地观众惊讶的是,这位瘦长的苏格兰苦工把十只首批放飞的鹌鹑——六只在空中飞行,四只在地上行走——全打翻了。

"不公平,你放飞的高度不够。"怀亚特对一直释放鹌鹑的道克抱怨道。

"怀亚特,没有公正的放飞该死的鹌鹑的法子呀。"道克说。

"见鬼,我从没料到他打得这么准。"怀亚特感叹道。

"你才见鬼了,我从没听说扔石头打鹌鹑的事。"道克承认。

苏格兰人继续扔石头,鹌鹑持续掉下,这让出名的难以强征任何东西的怀亚特吃惊得张大嘴巴。

"妈的,值得花费100美元见证这样的技能。"怀亚特说。

鬼才约翰尼仅耸耸肩:"我爸一次击落了102只,直到石头没了才停下。"

"哦,这儿没危险了,一点危险都没有了。"怀亚特环视周围的岩石山丘自言自语。

9

怀亚特和道克在遗言酒馆的门廊里消磨时光,一小队骑者试图前来冒险。他们是艾克·克兰顿、比利·克兰顿、麦克劳利两弟兄、几个牛仔和两个牧人。这天墓碑镇特别安静,约翰尼·林戈因公干离开镇子,投掷石头的苏格兰人骑马去了图森。

"我以为这些克兰顿子弟在经办一个牧场,他为什么不在那儿工作,却要来挤塞这街道,滋扰他们自己?"怀亚特不解道。

"主要是艾克爱惹是生非,其余人大概是想来这儿喝酒、玩扑克牌吧。"道克说。

"我不这么认为。"怀亚特说。

怀亚特好像希望事已至此,也希望艾克不至于前来滋扰,尽管他手中握着枪在街上大摇大摆。

"滚开那椅子,看着我,你们他妈的狗娘养的。"艾克突然得寸进尺,走过来唐突道。

怀亚特和道克面面相觑。

"艾克,哪个狗娘养的要你来这儿打架?"道克礼貌道。

"见鬼,我不知道。你俩输定了,不过我能腾出时间杀你们。"

怀亚特站起来,懒洋洋地走到艾克身旁。他显然醉了。

"恐怕你的眼光比你的胃口大,艾克。可你不可能打了我之后飞走吧?"怀亚特说。

"你不可能打我，你是个幼稚的笨蛋。"道克附和道。

混乱随即开始，艾克·克兰顿还没来得及扳上扳机，一直坐在门廊里修指甲的怀亚特·厄普突然站在他身后，用一支来复枪重击他的头。艾克突然看见大地迎面而来，头重重撞上。

"为你好，下你的枪吧。"怀亚特说完转身对街对面注视事态发展的哥哥摩根挥手。

"他是个凶暴的家伙。"怀亚特说着把自己的来复枪和艾克的手枪递给了道克，然后提着艾克的裤腰，把他拖到身为狱卒的摩根的身旁。

"你为什么不径直杀他？"摩根问。

"不，不……不到玩枪的时候，把他关入牢房直至他清醒，之后坚持要他和他那伙人离开小镇。把这枪留下。"

艾克·克兰顿强行睁眼，却没出声。

"怀亚特，你用你的来复枪打人不错，可实际情况是牢房已满。我们昨晚逮的那些赌徒，一些还没醒过来呢。"摩根说。

怀亚特笑了笑。摩根常常把自己陷入困境。他原本就太孩子气。

"也许你也得有个更大的牢房了。如果没有空屋子，你就把他绑在铁砧或什么上吧，在他完全清醒前别放走就好。"

他说完走开了。艾克开始苏醒，头上有个相当大的包。

怀亚特最后决定把艾克的手枪留给自己，尽管只是一支瞄不准的破枪。

"恕我冒昧，我想你在树敌吧。"道克说。

"不，我已成为他的宿敌了，最好解除他的武装。"

道克站起来审视局势。比利·克兰顿来到街上,试图说服摩根·厄普放掉他的犯人。

也许是因牢房挤满,或者摩根经常否决自己想做的事,比利很快扶着摇晃的艾克一同回到街上,朝他们拴马的"好畜栏"走去。

"我想摩根容忍不了一个混乱的牢房,他该选择释放不像艾克这般粗暴的人。"道克对怀亚特说。怀亚特耸耸肩。

怀亚特抬头朝街上望去,见麦克劳利兄弟和他们的一些雇工袖手旁观,看热闹。

"艾克如果回家就让他走人,如果惹事就揍得他记一辈子。"怀亚特说。

"除非他杀你。"道克说。

"他不会了,他的枪被我收缴了。"

"怀亚特,清醒吧,小镇的枪比天空的鸟还多,用不了十分钟,艾克就会重新武装自己。"

怀亚特知道这是事实,却没担心。他认为艾克·克兰顿是个吹嘘的傻瓜,而不是个杀手,他不会引发冲突,而麦克劳利兄弟倒是不能掉以轻心的家伙。

"怀亚特,你现在是执法官吗？如果你不是,那你现在逮捕别人又算什么。"道克说。

"哦,我实际上并没逮捕他,我把逮捕的事交给摩根和沃吉尔了。"

尽管道克有一丝不安,还是努力让自己平静下来。如果怀亚特有了逮捕人的心绪,难料这天还会发生什么事。

他自己现时手无寸铁,但威尔斯·法戈就在一个街区外,他们总会愿意借给像他这样清醒的市民一两支枪的。一支猎枪大概最好，这是明智的决定。怀亚特眼神疯狂，最好武装起来。

怀亚特·厄普站在街上，准备去解决枪支的问题，同时注视着聚集在"好畜栏"的那一小群人。

10

杰西在刷牙梳头，无意间看到窗外怀亚特处理艾克·克兰顿的整个过程。只见怀亚特慢慢走过去，友好地冲艾克微笑，却突然停在他右边，用来复枪枪托猛击他。

艾克嘴啃泥倒在泥土街上，好一会儿没动。怀亚特捡起艾克的手枪走过去，把枪交给了摩根。摩根把枪装入大衣口袋。

怀亚特和摩根聊了一会儿，返回街对面道克·霍勒迪等他的地方。道克显然手无寸铁。

杰西睡得不好，怀亚特同样。现在是夜晚，他不时把手伸向她，仅为应景而已。杰西期待着。他们毕竟分明都醒着躺在这儿。可怀亚特没再做什么，她自己也不敢来个序曲，他只是冷冰冰的，得几天才能再次好起来。

"杰西，你嫁给了这星球上最执拗的人。你该嫁给像我这样的老猫咪。"道克曾经一次这么对她说。

"噢，也是，那为什么凯蒂告诉我你两次打伤她的鼻子？"

她只是话赶话，凯蒂·埃尔德虽然是好友，也不能总信她。

"嘿，那个说谎者。她有准州最大的鼻子。"

"如果我打她会打坏我的手的。"过了一会儿他说道。

杰西认为道克是境内最大的撒谎人,但至少是友好的,而她的丈夫不是。

11

弗兰克·麦克劳利打算回家。看来,粗鲁的厄普弟兄真正拥有墓碑镇。镇子让沃吉尔·厄普做警长,弟弟摩根做副警长,而就弗兰克所知,迄今为止没谁让怀亚特做任何事,而怀亚特却是所有麻烦的源头。他现在就站在五十码外的街上盯着他们,仿佛他们是准州地区最严重的罪犯,事实上他们只是无辜的牧牛者,只想来镇上小赌或拜访银行。

"瞧他,以为他是州长或什么。"他说。

"此外,我打 100 元的赌,是他杀了爸。"艾克说,人却依然摇晃着,到现在也没能再获得一支新枪。这天早些时候,他玩牌输了大部分现金,本可以跟小弟弟比利或麦克劳利兄弟中的一个人借,可他们都是节俭的人,没同情他。

一个摄影师在"好畜栏"隔壁开了个小照相馆,但此人是新来的,料定不可能在这么短的时间里借给艾克一件武器。

他期待的是怀亚特能婉转地把枪还给他,却也认定这样的可能性微乎其微。

"我说我们就回家吧,会有美好的一天的。厄普兄弟因为什么被惹火了。怎么样,比利?"弗兰克·麦克劳利重复道。

比利·克兰顿最年轻,没什么主意:"无所谓,我太年轻,在酒馆没太多的事好做。"

"你如果能找到印第安人查理,就执意跟他玩抛刀游戏呀。"弗兰克·麦克劳利建议。

"不,谢了,我还没这般沉沦。"

事实上他瞄上了妓女莎莉·维斯特尔,但莎莉为钱工作,而他没钱。所有他期待的享受此刻似乎都遥不可及。

汤姆·麦克劳利是家里最好斗的人,所以蠢蠢欲动,想打一架:"没有能把我赶出墓碑镇的厄普或者厄普弟兄!"

"那么好吧,我们去转转,也许厄普兄弟把我们忘了。"艾克建议。

"转转?你想去墓碑镇的哪个地狱?"汤姆质问。

"仅去转转。"艾克说。他不期待自己的想法会受欢迎。他们都十分不习惯步行,平日里去一个马棚或一个围栏都会骑马。

让他吃惊的是,麦克劳利兄弟和比利突然慢吞吞地抽着方头雪茄朝照相馆走去。

"嘿,我们可以去照相。"艾克说。

"不,我没工夫做这无聊的事,我想去仓库那儿遛遛,希望赶我回来时厄普兄弟会断了条腿或什么,我仍然认为我们该明智地回家。让好斗的厄普弟兄的心绪变好,得花费些时间。"弗兰克·麦克劳利说。

"真见鬼,不,我自己有好心绪。要是厄普兄弟知道什么对他们是好的,会由着我的。"汤姆说。

艾克就此放弃了。

12

"镇子是有反对暴徒聚集的法律,即便有我还是要补充我自己的。"怀亚特坚持道。

"怀亚特,这是你今天折腾的理由吧。"道克告知他。

两列矿石马车闪耀着穿过小镇,扬起的尘烟覆盖了街道,一时很难看清远处的"好畜栏"。

"艾克和比利,弗兰克和汤姆,四个白痴牛仔够不上暴徒。而比利·克兰顿怎么也算不上成人。"道克边数边说。

"印第安人查理呢? 他在附近潜伏着呢。"怀亚特说。

"我与印第安人查理没有争执。"沃吉尔提醒道。

"想必你们几个小子宽恕罪人。我说的也只是去吓唬,把他们赶出镇,不想让他们闹腾到让局面严重起来。"怀亚特说。

"等等,我这就去跟威尔斯·法戈借支猎枪。有备无患。我若足以幸运得有块墓碑的话,我不介意我的墓碑的遗言。可你真想这么做吗,怀亚特? 我认为没必要。"道克说。

"只去吓唬,道克……除非必要,否则不会开枪。"

此刻他自己的武器是艾克·克兰顿那把不起眼的手枪,他已经从摩根那儿把它要回来了。

道克迅速借来一支点 12 口径的手枪。摩根和沃吉尔是专业执法人,各有一支柯尔特左轮手枪。

于是,沃吉尔在左,摩根在右,怀亚特和道克在中间,一同往街里走去。又有两列矿石马车穿过,留下大量尘烟。

114

令他们吃惊的是,当他们抵达要吓唬人的"好畜栏"时,克兰顿和麦克劳利兄弟却不见了踪影。

"该死的流氓们去了哪儿?"怀亚特问。

"大概放弃,离开了。"道克说。

"也许他们比我想的更聪明些。"怀亚特说。

印第安人查理突然冒出来,让他们吃了一惊,但是他只不过是把马屎扒出马厩。

"这是浪费时间。"怀亚特说。

"我不是预测了吗? 我对你说过,由他们去。"道克说。

就在他说话时,突然枪声大作,摩根连忙蹲下。

"不,不……我不要这样,我是警长。"沃吉尔说着也蹲下。

艾克·克兰顿迅速跑进照相馆里。不是麦克劳利兄弟俩开枪,而是怀亚特杀了他们俩。有人袭击了年轻的比利·克兰顿,在短暂的痛苦后他死去了。

道克被子弹擦伤,怀亚特无碍。一辆马车带着摩根和沃吉尔去看道克。

怀亚特走进酒馆,杰西抓住他,紧紧地抱着、热吻。

"你个笨蛋,你可能被杀。"杰西哭着说。

"是的,可我没有,放开手。"怀亚特说。

内莉的访问

一旦被新闻媒体的错误触动，没有什么能阻止我去任何我的故事的发生地，这几乎就是慢慢被淡忘了的我们旧时的西部。我经常前去看望古德奈特——至少是查理吧，他的玛丽死了。她看上去很坚强，而那时得州的那片狭长地带不是一个女士待的地方，那是耕犁从未触及的乡野。

玛丽死后我第一次拜访查理时，我们坐在门廊外面，直至夜深，聊的不多，只是看星星出来。之后我住在太平洋沿岸的圣莫尼卡，那儿看不到许多星星。

"我是个老单身汉，一个人的生活不适合我，你若能嫁给我，我会高兴的。"查理说。

我惊得几乎晕过去，想起了曾经吻过他。

"我感到荣幸，查理。但我知道我依然是泽纳斯的人。"

"他走了多久了？"

"约十八年了吧。"

查理发出某种哼声。

"你没丈夫，这仅为借口。我会为满意的报价抛出一百头牛的。"

"查理，我是个城市姑娘，我不知道自己能在外面这光秃秃的荒野里做什么。"

"那就这样了，晚安。"他说。

几年后我听说他娶了他的护士，也听说他的大部分土地被别人骗取。查理可能是个伟人，我为自己曾经吻他高兴，也为没嫁给他高兴。我在丽塔布兰卡的那些年已看够了那片草原。

怀亚特·厄普再次引起我的注意缘于报上一篇关于发生于奥克兰的一次骚动的文章，在此之前，我久已淡忘了怀亚特和他的强悍的兄弟们。奥克兰举办了一次奖金丰厚的搏击大赛,怀亚特是比赛的裁判。他判定一个叫奥克雷的人获得了最终的胜利,观众对这一结果不满,随即发生了骚动,怀亚特赤手空拳地逃脱了。

从这则报道上我得知怀亚特就住在圣皮德罗,沿海岸向南不远的一个地方。我从电话簿上找到了他的电话号码,并与他和杰西通了话,虽然我认为杰西并没有记起我是谁,但还是接受了她热情的做客邀请。

我好不容易来到怀亚特的住处,但这地方让我大失所望。怀亚特和杰西住在一间破旧的小平房里,院子里堆满垃圾:旧轮胎、桶、马鞍、各种工具、一辆手推车,等等。

怀亚特坐在门廊里的一把不知从哪儿找的旧柳条椅上。我认为他并非真的认出我来,杰西有几分认出来了。她一直是个大个子女人,怀亚特似乎萎缩了,这显得杰西的块头更大了。这位著名的"好畜栏"英雄现在成了个整天把烟草吐入咖啡罐的老人。

"没必要问他杀人的事了。怀亚特记不得多少了。有些天他几乎不记得我了。"杰西说。

杰西两颊深陷,她尽力正式地把我介绍给怀亚特:"怀亚特,我们认识这位女士,初次相识是在长草镇。她撰写报纸来着。"她说。

怀亚特看看我,可我不确信他在看我:"你知道道克吧?他因结核病死在北边的科罗拉多了。"

"我不知道,抱歉听到这个消息。"

我遗憾我的到来。听不到厄普弟兄们的什么事了,他们的伤心事让我悲哀。杰西告诉我,怀亚特曾经在威尔希尔的一个大教堂的主日学校执教。

当我择路穿过院子里的垃圾堆时,看到了我忘却了的那件东西,那块躺在几只轮胎上面的沃伦·厄普的"遗言酒馆"的招牌。它被弃置在圣佩德罗这儿,而我是在远方的长草镇首次看到它的。

"杰西,我可以买走这块招牌吗?我记得它在长草镇来着。"

杰西困惑了,她不明白为什么有人还想要这东西。

"你就拿走吧,宝贝,我们用不着它了。沃伦·厄普到哪里都带着它,可我们从来不知道他这么做是什么意思。"

"沃伦怎么样了?"我礼貌地问。

杰西诧异地看着我,好像我忘记了我该知道的事。

"死了。老早前就死了。"

所以,我拿起牌子,却不知道为什么要它。我把它放在我的车后,开车走了。